U0458703

王蒙小传

王蒙,1934 年 10 月出生于北京,1948 年成为中国共产党的地下党员,1949 年开始从事青年团工作。1953 年开始文学创作。1956 年,小说《组织部来了个年轻人》在全国引起轰动。1958 年被划为右派,此后多年失去发表作品的权利。1963 年到新疆,曾任文学杂志的编辑。1965 年,任新疆伊犁巴彦岱公社二大队副大队长。

1978 年,恢复党籍并大量发表、出版新作。1993 年出版文集 10 卷,2003 年出版文存 23 卷,2014 年出版文集 45 卷,2020 年 1 月出版《王蒙文集》50 卷。1987 年获得意大利蒙德罗国际文学奖与日本创价学会和平与文化奖,并成为约旦作家协会名誉会员。2015 年长篇小说《这边风景》获得茅盾文学奖。

2003 年获俄罗斯科学院远东研究所荣誉博士学位。2009 年获澳门大学荣誉博士学位。2017 年获日本樱美林大学博士学位。

2019 年 9 月 17 日,国家主席习近平签署主席令,授予王蒙"人民艺术家"国家荣誉称号。

王蒙曾任中国作家协会副主席、中共中央委员、中华人民共和国文化部部长、中国人民政治协商会议常务委员。现为中央文史馆馆员。

出访过七十多个国家和地区,有多部著作被译为多个语种在海外出版。

百年中篇小说名家经典

BAINIAN
ZHONGPIAN
XIAOSHUO
MINGJIA JINGDIAN

王蒙 著

布礼

BU
LI

总主编　何向阳

本册主编　何向阳

河南文艺出版社
·郑州·

一种文体与
一百年的民族记忆

何向阳 （丛书总主编）

  自 20 世纪初,确切地说,自 1918 年 4 月以鲁迅《狂人日记》为标志的第一部白话小说的诞生伊始,新文学迄今已走过了百年的历史。百年的历史相对于古老的中国而言算不上悠久,但 20 世纪初到 21 世纪初这个一百年的文化思想的变化却是翻天覆地的,而记载这翻天覆地之巨变的,文学功莫大焉。作为一个民族的情感、思想、心灵的记录,从小处说起的小说,可能比之任何别的文体,或者其他样式的主观叙述与历史追忆,都更真切真实。将这一百年的经典小说挑选出来，放在一起，或可看到一个民族的心性的发展，而那可能被时间与事件遮盖的深层的民族心灵的密码，在这样一种系统的阅读中，也会清晰地得到揭示。

所需的仍是那份耐心。如鲁迅在近百年前对阿Q的抽丝剥茧，萧红对生死场的深观内视，这样的作家的耐心，成就了我们今天的回顾与判断，使我们——作为这一古老民族的每一个个体，都能找到那个线头，并警觉于我们的某种性格缺陷，同时也不忘我们的辉煌的来路和伟大的祖先。

来路是如此重要，以至小说除了是个人技艺的展示之外，更大一部分是它对社会人众的灵魂的素描，如果没有鲁迅，仍在阿Q精神中生活也不同程度带有阿Q相的我们，可能会失去或推迟认识自己的另一面的机会，当然，如果没有鲁迅之后的一代代作家对人的观察和省思，我们生活其中而不自知的日子也许更少苦恼但终是离麻木更近，是这些作家把先知的写下来给我们看，提示我们这是一种人生，但也还有另一种人生，不一样的，可以去尝试，可以去追寻，这是小说更重要的功能，是文学家个人通过文字传达、建构并最终必然参与到的民族思想再造的部分。

我们从这优秀者中先选取百位。他们的目光是不同的，但都是独特的。一百年，一百位作家，每位作家出版一部代表作品。百人百部百年，是今天的我们对于百年前开始的新文化运动的一份特别的纪念。

而之所以选取中篇小说这样一种文体，也是出于这个原因。

中篇小说，只是一种称谓，其篇幅介于长篇小说和短篇小说之间，长篇的体积更大，短篇好似又不足以支撑，而介于两者之间的中篇小说兼具长篇的社会学容量与短篇的技艺表达，虽然这种文体的命名只是在 20 世纪的七八十年代才明确出现，但三四十年间发展迅速，其中的优秀作品在不同时期或年份涵盖长、短篇而代表了小说甚至文学的高峰，比如路遥的《人生》、张承志的《北方的河》、莫言的《透明的红萝卜》、韩少功的《爸爸爸》、王安忆的《小鲍庄》、铁凝的《永远有多远》等等，不胜枚举。我曾在一篇言及年度小说的序文中讲到一个观点，小说是留给后来者的"考古学"，它面对的不是土层和古物，但发掘的工作更加艰巨，因为它面对的是一个民族的精神最深层的奥秘，作家这个田野考察者，交给我们的他的个人的报告，不啻是一份份关于民族心灵潜行的记录，而有一天，把这些"报告"收集起来的我们会发现，它是一份长长的报告，在报告的封面上应写着"一个民族的精神考古"。

一百年在人类历史上不过白驹过隙，何况是刚刚挣得名分的中篇小说文体——国际通用的是小说只有长、短篇之分，并无中篇的命名，而新文化运动伊始直至70年代早期，中篇小说的概念一直未得到强化，需要说明的是，这给我们今天的编选带来了困难，所以在新文学的现代部分以及当代部分的前半段，我们选取了篇幅较短篇稍长又不足长篇的小说，譬如鲁迅的《祝福》《孤独者》，它们的篇幅长度虽不及《阿Q正传》，但较之鲁迅自己的其他小说已是长的了。其他的现代时期作家的小说选取同理。所以在编选中我也曾想，命名"中篇小说名家经典"是否足以囊括，或者不如叫作"百年百人百部小说"，但如此称谓又是对短篇小说的掩埋和对长篇小说的漠视，还是点出

"中篇"为好。命名之事，本是予实之名，世间之事，也是先有实后有名，文学亦然。较之它所提供的人性含量而言，对之命名得是否妥帖则已显得不那么重要了。

值此新文化运动一百年之际，向这一百年来通过文学的表达探索民族深层精神的中国作家们致敬。因有你们的记述，这一百年留下的痕迹会有所不同。

感谢河南文艺出版社，感动我的还有他们的敬业和坚持。在出版业不免受利益驱动的今天，他们的眼光和气魄有所不同。

2017 年 5 月 29 日　郑州

目录

一

三月，天空中纷洒着的似雨似雪。三轮车在区委会门口停住，一个年轻人跳下来。车夫看了看门口挂着的大牌子，客气地对乘客说："您到这儿来，我不收钱。"传达室的工人、复员荣军老吕微跛着脚走出，问明了那年轻人的来历后，连忙帮他搬下微湿的行李，又去把组织部的秘书赵慧文叫出来。赵慧文紧握着年轻人的两只手说："我们等你好久了。"这个叫林震的年轻人，在小学教师支部的时候就与赵慧文认识。她苍白而美丽的脸上，两只大眼睛闪着友善亲切的光亮，只是下眼皮上有着因疲倦而现出来的青色。她带林震到男宿舍，把行李放好、解开，把湿了的毡子晾上，再铺被褥。在她料理这些事情的时候，常常撩一撩自己的头发，正像那些能干而漂亮的女同志一样。

她说："我们等了你好久，半年前就要调你来，区人民委员会文教科死也不同意，后来区委书记直接找区长要人，又和教育局人事室吵了一回，这才把你调了来。"

"可我前天才知道。"林震说，"听说调我到区委会，真不知怎么好。 咱们区委会尽干什么呀?"

"什么都干。"

"组织部呢?"

"组织部就做组织工作。"

"工作忙不忙?"

"有时候忙,有时候不忙。"

赵慧文端详着林震的床铺,摇摇头,大姐姐似的不以为然地说:"小伙子,真不讲卫生。 瞧那枕头布,已经由白变黑;被头呢,吸饱了你脖子上的油;还有床单,那么多褶子,简直成了泡泡纱……"

林震觉得,他一走进区委会的门,他的新的生活刚一开始,就碰到了一个很亲切的人。

他带着一种节日的兴奋心情跑着到组织部第一副部长的办公室去报到。 副部长有一个古怪的名字:刘世吾。 在林震心跳着敲门的时候,他正仰着脸衔着烟考虑组织部的工作规划。 他热情而得体地接待林震,让林震坐在沙发上,自己坐在办公桌边,推一推玻璃板上摞得高高的文件,从容地问:

"怎么样?"他的左眼微眯,右手弹着烟灰。

"支部书记通知我后天搬来,我在学校已经没事,今天就来了。 叫我到组织部工作,我怕干不了,我是个新党员,过去当小学教师,小学教师的工作与党的组织工作有些不同……"

　　林震说着他早已准备好的话，说得很不自然，正像小学生第一次见老师一样。于是他感到这间屋子很热。三月中旬，冬天就要过去，屋里还生着火，玻璃上的霜花融解成一条条的污道子。他的额头沁出了汗珠，他想掏出手绢擦擦，在衣袋里摸索了半天没有找到。

　　刘世吾机械地点着头，看也不看地从那一大摞文件中抽出一个牛皮纸袋，打开纸袋，拿出林震的党员登记表，锐利的眼光迅速掠过，宽阔的前额上出现了密密的皱纹。他闭了一下眼，手扶着椅子背站起来，披着的棉袄从肩头滑落了，他用熟练的毫不费力的声调说：

　　"好，好，好极了，组织部正缺干部，你来得好。不，我们的工作并不难做，学习学习就会做的，就那么回事。而且，你原来在下边工作得……相当不错嘛，是不是不错？"

　　林震觉得这种称赞似乎有某种嘲笑意味，他惶恐地摇头："我工作做得并不好……"

　　刘世吾不太整洁的脸上现出隐约的笑容，他的眼光聪敏地闪动着，继续说："当然也可能有困难，可能。这是个了不起的工作。中央的一位同志说过，组织工作是给党管家的，如果家管不好，党就没有力量。"然后他不等问就加以解释："管什么家呢？发展党和巩固党，壮大党的组织和增强党组织的战斗力，把党的生活建立在集体领导、批评和自我批评与密切联系群众的基础上。这些做好了，党组织就是坚强的、活泼的、有战斗力的，就足以团结和指引群众，更好地完成社会主义建设与社会主义改造的各项任务……"

他每说一句话，都干咳一下，但说到那些惯用语的时候，快得像说一个字。譬如他说"把党的生活建立在……上"，听起来就像"把生活建在登登登上"，他纯熟地驾驭那些林震觉得相当深奥的概念，像拨弄算盘珠子一样灵活。林震集中最大的注意力，仍然不能把他讲的话全部把握住。

接着，刘世吾给他分配了工作。

当林震推门要走的时候，刘世吾又叫住他，用另一种全然不同的随意神情问：

"怎么样，小林，有对象了没有？"

"没……"林震的脸唰地红了。

"大小伙子还红脸？"刘世吾大笑了，"才二十二岁，不忙。"他又问："口袋里装着什么书？"

林震拿出书，说出书名："《拖拉机站站长与总农艺师》。"

刘世吾拿过书去，从中间打开看了几行，问："这是他们团中央推荐给你们青年看的吧？"

林震点头。

"借我看看。"

"您还能有时间看小说吗？"林震看着副部长桌上的大摞材料，惊异了。

刘世吾用手托了托书，试了试分量，微眯着左眼说："怎么样？这么一薄本有半个夜车就开完啦。四本《静静的顿河》我只看了一个星期，就那么回事。"

当林震走向组织部大办公室的时候，天已经放晴，残留的几片云现出了亮晶晶的边缘，太阳照亮了区委会的大院子。人们都在忙碌：一个穿军服的同志夹着皮包匆匆走过，传达室的老吕提着两个大铁壶给会议室送茶水，可以听见一个女同志顽强地对着电话机子说："不行，最迟明天早上！不行……"还可以听见忽快忽慢的哐哧哐哧声——是一只生疏的手使用着打字机，"她也和我一样，是新调来的吧？"林震不知凭什么理由，猜打字员一定是个女的。他在走廊上站了一站，望着耀眼的区委会的院子，高兴自己新生活的开始。

二

组织部的干部算上林震一共二十四个人，其中三个人临时调到肃反办公室去了，一个人半日工作准备考大学，一个人请产假，能按时工作的只剩下十九个人。四个人做干部工作，十五个人按工厂、机关、学校分工管理建党工作，林震被分配与工厂支部联系组织发展工作。

组织部部长由区委副书记李宗秦兼任，他并不常过问组织部的事，实际工作是由第一副部长刘世吾掌握，另一个副部长负责干部工作。具体指导林震工作的是工厂建党组组长韩常新。

韩常新的风度与刘世吾迥然不同。 他二十七岁，穿蓝色海军呢制服，干净得抖都抖不下土。 他有高大的身材，配着英武的只因为粉刺太多而略有瑕疵的脸。 他拍着林震的肩膀，用嘹亮的嗓音讲解工作，不时发出豪放的笑声，使林震想："他比领导干部还像领导干部。"特别是第二天韩常新与一个支部的组织委员的谈话，加强了他给林震的这种印象。

"为什么你们只谈了半小时？ 我在电话里告诉你，至少要用两小时讨论发展计划！"

那个组织委员说："这个月生产任务太忙……"

韩常新打断了他的话，富有教训意味地说："生产任务忙就不认真研究发展工作了？ 这是把中心工作与经常工作对立起来，也是党不管党的一种表现……"

林震弄不明白什么叫"中心工作与经常工作对立起来"和"党不管党"，他熟悉的是另外一类名词："课堂五环节"与"直观教具"。 他很钦佩韩常新的这种气魄与能力——迅速地提高到原则上分析问题和指示别人。

他转过头，看见正伏在桌上复写材料的赵慧文。 她皱着眉怀疑地看一看韩常新，然后扶正头上的假琥珀发卡，用微带忧郁的目光看向窗外。

晚上，有的干部去参加基层支部的组织生活，有的休息了，赵慧文仍然赶着复写"税务分局培养、提拔干部的经验"，累了一天，手腕酸疼，在写的中间不时撂下笔，摇摇手，往手上吹口气。 林震自告奋勇来帮忙，她拒绝了，说："你抄，我不放心。"于是林震帮她把抄过的美浓纸叠整齐，站在她身旁，起一点精神支援作用。 她一边抄，一边时时抬头看林震，林震问："干吗老看我？"赵慧文咬了一下复写笔，笑了笑。

三

林震是一九五三年秋天由师范学校毕业的，当时是候补党员，被分配到这个区的中心小学当教员。 当了教师的他，仍然保持中学生的生活习惯：清晨练哑铃，夜晚记日记，每个大节日——五一、七一、十一——之前到处征求人们对他的意见。 曾经有人预言，过不了三个月他就会被那些生活不规律的成年人"同化"。 但不久以后，许多教师夸奖他也羡慕他了，说："这孩子无忧无虑，无牵无挂，除了工作，就是工作……"

他也没有辜负这种羡慕，一九五四年寒假，由于教学上的成绩，他受到了教育局的奖励。

人们也许以为，这位年轻的教师就会这样平稳地、满足而快乐地度过自己的青年时代。 但是不，孩子般单纯的林震，也有自己的心事。

一年以后，他经常焦灼地鞭策自己。 是因为社会主义高潮的推动、全国青年社会主义积极分子会议的召开，还是因为年龄的增长？

他已经二十二岁了，记得在初中一年级时写过一篇作文，题目是《当我××岁的时候》，他写成《当我二十二岁的时候，我要……》。现在二十二岁，他的生命史上好像还是白纸，没有功勋，没有创造，没有冒险，也没有爱情——连给某个姑娘写一封信的事都没做过。他努力工作，但是他做得少、慢、差。和青年积极分子们比较，和生活的飞奔比较，难道能安慰自己吗？他订规划，学这学那，做这做那，他要一日千里！

这时，接到调动工作的通知。"当我二十二岁的时候，我成了党的工作者……"也许真正的生活在这里开始了？他抑制住对小学教育工作和孩子们的依恋，燃烧起对新的工作的渴望。支部书记和他谈话的那个晚上，他想了一夜。

就这样，林震口袋里装着《拖拉机站站长与总农艺师》，兴高采烈地登上区委会的台阶。他对党的工作者（他是根据电影里全能的党委书记的形象来猜测他们的）的生活，充满了神圣的憧憬。但是，等他接触到那些忙碌而自信的领导同志、看到来往的文件和同时举行的会议、听到那些尖锐争吵与高深的分析，他眨眨那有些特别的淡褐色眼珠的眼睛，心里有点怯……

到区委会的第四天，林震去通华麻袋厂了解第一季度发展党员工作的情况。去以前，他看了有关的文件和名叫《怎样进行调查研究》的小册子，再三地请教了韩常新，他密密麻麻地写了一篇提纲，然后飞快地骑着新领到的自行车，向麻袋厂驶去。

工厂门口的警卫同志听说他是区委会的干部，没要他签名，信任地请他进去了。穿过一个大空场，走过一片放麻袋的露天货场与机器隆隆响的厂房，他心神不安地去敲厂长兼支部书记王清泉办公室的门。得到了里面"进来"的回答后，他慢慢地走进去，怕走快了显得没有经验。他看见一个阔脸、粗脖子、身材矮小的男人正与一个头发上抹了许多油的驼背的男人下棋。小个子的同志抬起头，右手玩着棋子，问清了林震找谁以后，不耐烦地挥一挥手："你去西跨院党支部办公室找魏鹤鸣，他是组织委员。"然后低下头继续下棋。

林震找着了红脸的魏鹤鸣，开始按提纲发问了："一九五六年第一季度，你们发展了几个人？"

"一个半。"魏鹤鸣粗声粗气地说。

"什么叫'半'？"

"有一个通过了，区委拖了两个多月还没有批下来。"

林震掏出笔记本记了下来。又问：

"发展工作是怎么样进行的，有什么经验？"

"进行过程和向来一样——和党章的规定一样。"

林震看了看对方，为什么他说出的话像搁了一个星期的窝窝头一样干巴？魏鹤鸣托着腮，眼睛看着别处，心里也像在想别的事。

　　林震又问："发展工作的成绩怎么样？"

　　魏鹤鸣答："刚才说过了，就是那些。"他好像应付似的希望快点谈完。

　　林震不知道应该再问什么了。预备了一下午的提纲，和人家只谈上五分钟就用完了，他很窘。

　　这时门被一只有力的手推开了，那个小个子的同志进来，匆匆忙忙地问魏鹤鸣："来信的事你知道吗？"

　　魏鹤鸣无精打采地点了点头。

　　小个子的同志来回踱着步子，然后撇开腿站在房中央："你们要想办法！质量问题去年就提出来了，为什么还等着合同单位给纺织工业部写信？在社会主义高潮当中我们的生产迟迟不能提高，这是耻辱！"

　　魏鹤鸣冷冷地看着小个子的脸，用颤抖的声音问："您说谁？"

　　"我说你们大家！"小个子手一挥，把林震也包括在里面了。

　　魏鹤鸣因为抑制着的愤怒的爆发而显得可怕，他的红脸更红了，他站起来问："那么您呢？您不负责任？"

　　"我当然负责。"小个子的同志却平静了，"对于上级，我负责，他们怎么处分我我都接受。对于我，你得负责，谁让你是生产科长呢！你得小心……"说完，他威胁地看了魏鹤鸣一眼，走了。

　　魏鹤鸣坐下，把棉袄的扣子全解开了，喘着气。林震问："他是谁？"魏鹤鸣讽刺地说："你不认识？ 他就是厂长王清泉。"

于是魏鹤鸣向林震详细地谈起了王清泉的情况。 王清泉原来在中央某部工作，因为在男女关系上犯错误受了处分，一九五一年调到这个厂子当副厂长，一九五三年厂长调走，他就被提拔成厂长。 他一向是吃饱了转一转，躲在办公室批批文件下下棋，然后每月在工会大会、党支部大会、团总支大会上讲话，批评工人群众竞赛没搞好，对质量不关心，有经济主义思想……魏鹤鸣没说完，王清泉又推门进来了。 他看着左腕上的表，下令说："今天中午十二点十分，你通知党、团、工会和行政各科室的负责人到厂长室开会。"然后把门砰地一带，走了。

魏鹤鸣嘟哝着："你看他怎么样？"

林震说："你别光发牢骚，你批评他，也可以向上级反映。 上级绝不允许有这样的厂长。"

魏鹤鸣笑了，问林震："老林同志，你是新来的吧？"

"老林"同志脸红了。

魏鹤鸣说："批评不动！ 他根本不参加党的会议，你上哪儿批评去？ 偶尔参加一次，你提意见，他说：'提意见是好的，不过应该掌握分寸，也应该看时间、场合。 现在，我们不应该因为个人意见侵占党支部讨论国家任务的宝贵时间。'好，不占用宝贵时间，我找他个别提，于是我们俩吵成了现在这个样子。"

"向上级反映呢？"

"一九五四年我给纺织工业部和区委写了信，部里一位张同志与你们那儿的老韩同志下来检查了一回。检查结果是：'官僚主义较严重，但主要是作风问题。任务基本上完成了，只是完成任务的方法有缺点。'然后找王清泉'批评'了一下，又鼓励了一下我开展自下而上的批评的精神，就完事了。此后，王厂长有一个来月对工作比较认真，不久他得了肾病，病好以后他说自己是'因劳致疾'，就又成了这个样子。"

"你再反映呀！"

"哼，后来与韩常新也不知说过多少次，老韩也不搭理，反倒对我进行教育说，应该尊重领导，加强团结。也许我不该这样想，但我觉得，也许要等到王厂长贪污了人民币或者强奸了妇女，上级才会重视起来！"

林震出了厂子再骑上自行车的时候，车轮旋转的速度就慢多了。他深深地把眉头皱了起来，他发现他的工作的第一步就有重重的困难，但他也受到一种刺激，甚至是激励——这正是发挥战斗精神的时候啊！他想着想着，直到因为车子溜进了急行线而受到交通警察的申斥。

四

吃完午饭，林震迫不及待地找韩常新汇报情况。韩常新有些疲倦地靠着沙发背，高大的身体显得笨重，他从身上掏出火柴盒，拿起一根火柴剔牙。

林震杂乱地叙述他去麻袋厂的见闻，韩常新脚尖打着地不住地说："是的，我知道。"然后他拍一拍林震的肩膀，愉快地说："情况没了解上来不要紧，第一次下去嘛，下次就好了。"

林震说："可是我了解了关于王清泉的情况。"他把笔记本打开。

韩常新把他的笔记本合上，告诉他："对，这个情况我早知道。前年区委让我处理过这个事情，我严厉地批评过他，指出他的缺点和危险性，我们谈了至少有三四个钟头……"

"可是并没有效果呀，魏鹤鸣说他只好了一个月……"林震说。

"一个月也是效果，而且绝不止一个月。魏鹤鸣那个人思想上有问题，见人就告厂长的状……"

"他告的状是不是真的？"

"很难说不真，也很难说全真。当然这个问题是应该解决的，我和区委副书记李宗秦同志谈过。"

"副书记的意见是什么？"

"副书记同意我的意见，王清泉的问题是应该解决也是可能解决的……不过，你不要一下子就陷到这里边去。"

"我？"

"是的。你第一次去一个工厂，全面情况也不了解，你的任务又不是去解决王清泉的问题。 而且，直爽地说，解决他的问题也需要更有经验的干部，何况我们并不是没有管过这件事……你要是一下子陷到这个里头，三个月也出不来，第一季度的建党总结还了解不了解？ 上级正催我们交汇报呢！"

林震说不出话。

韩常新又拍拍林震的肩膀："不要急躁嘛！ 咱们区三千个党员，百十个支部，你一来就什么问题都摸还行？"他打了个哈欠，有倦意的脸上的粉刺涨红了："啊——哈，该睡午觉了。"

"那，发展工作怎么再去了解？"林震没有办法地问。

韩常新又去拍林震的肩膀，林震不由得躲开了。 韩常新有把握地说："明天咱们俩一齐去，我帮你去了解，好不好？"然后他拉着林震一同到宿舍去。

第二天，林震很有兴趣地观察韩常新如何了解情况。 三年前，林震在北京师范上学的时候，出去当过见习教师，老教师在前面讲，林震和学生一起听，学了不少东西。 这次，他也抱着见习的态度，打开笔记本，准备把韩常新的工作过程详细记录下来。

韩常新问魏鹤鸣："发展了几个党员？"

"一个半。"

"不是一个半，是两个。 我是检查你们的发展情况，不是检查区委批没批。"韩常新纠正他。 又问："这两个人本季度生产计划完成得怎么样？"

"很好。他们一个超额百分之七，一个超额百分之四，厂里黑板报还表扬……"

谈起生产情况，魏鹤鸣似乎起劲了些，但是韩常新打断了他的话："他们有些什么缺点？"

魏鹤鸣想了半天，空空洞洞地说了些缺点。

韩常新叫他给所举的缺点提一些例子。

提完例子，韩常新再问他党的积极分子完成本季度生产任务的情况，他特别感兴趣的是一些数字和具体事例，至于这些先进的工人克服困难、钻研创造的过程，他听都不要听。

回来以后，韩常新用流利的行书示范地写了一个《麻袋厂发展工作简况》，内容是这样的：……本季度（一九五六年一月至三月）麻袋厂支部基本上贯彻了积极慎重发展新党员的方针，在建党工作上取得了一定的成绩。新通过的党员朱××与范××受到了共产党员的光荣称号的鼓舞，增强了主人翁的观念，在第一季度繁重的生产任务中分别超额百分之七、百分之四。广大积极分子围绕在支部周围，受到了朱××与范××模范事例的教育，并为争取入党的决心所推动，发挥了劳动的积极性与创造性，良好地完成或者超额完成了第一季度的生产任务（下面是一系列数字与具体事例）。这说明：一、建党工作不仅与生产工作不会发生矛盾，而且大大推动了生产，任何借口生产忙而忽视建党工作的做法是错误

的。 二、……但同时必须指出，麻袋厂支部的建党工作，仍
然存在着一定的缺点……例如……林震把写着"简况"的片
艳纸攥在手里看了又看。 有一刹那，他甚至于怀疑自己去没
去过麻袋厂，怀疑自己上次与韩常新同去时睡着了，为什么
许多情况他根本不记得呢？ 他迷惑地问韩常新：

"这，这是根据什么写的？"

"根据那天魏鹤鸣的汇报呀！"

"他们在生产上取得的成绩是、是因为建党工作么？"林
震口吃起来。

韩常新抖一抖裤脚，说："当然。"

"不吧？ 上次魏鹤鸣并没有这样讲。 他们的生产提高
了，也可能是由于开展竞赛，也许由于青年团建立了监督
岗，未必是建党工作的成绩……"

"当然，我不否认。 各种因素是统一起来的，不能形而
上学地割裂地分析这是甲项工作的成绩，那是乙项工作的成
绩。"

"那，譬如我们写第一季度的捕鼠工作总结，是不是也可
以用这些数字和事例呢？"

韩常新沉着地笑了，他笑林震不懂"行"，他说："那可
以灵活掌握嘛……"

林震又抓住几个小问题问：

"你怎么知道他们的生产任务是繁重的呢？"

"难道现在会有一个工厂任务很清闲吗？"

林震目瞪口呆了。

五

初到区委会十天的生活，在林震头脑中积累起的印象与产生的问题，比他在小学待了两年的还多。 区委会的工作是紧张而严肃的。 在区委书记办公室，连日开会到深夜。 从汉语拼音到预防大脑炎，从劳动保护到政治经济学讲座，无一不经过区委会忠实的手。 林震有一次去收发室取报纸，看见一份厚厚的材料，第一页上写着"区人民委员会党组关于调整公私合营工商业的分布、管理、经营方法及贯彻市委关于公私合营工商业工人工资问题的报告的请示"。 他怀着敬畏的心情看着这份厚得像一本书的材料和它的长长的题目。 有时，一眼望去，却又觉得区委干部们是随意而松懈的，他们在办公时间聊天，看报纸，大胆地拿林震认为最严肃的问题开玩笑，例如，青年监督岗开展工作，韩常新半嘲笑地说："嚯，小青年们，脑门子热起来啦……"

林震参加的一次部务会议也很有意思，讨论市委布置的一个临时任务，大家抽着烟，说着笑话，打着岔，开了两个钟头，拖拖沓沓，没有什么结果。 这时，皱着眉思索了好久的刘世吾提出了一个方案，大家马上热烈地展开了讨论，很多人发表了使林震惊佩的精彩意见。 林震觉得，这最后的三十多分钟的讨论要比之前的两个钟头有效十倍。 某些时候，譬如说夜里，各屋亮着灯：第一会议室，出席座谈会的胖胖的工商业者愉快地与统战部长交换意见；第二会议室，各单位的学习辅导员们为"价值"与"价格"的关系争得面红耳赤；组织部坐着等待入党谈话的激动的年轻人，而市委的某个严厉的书记出现在书记办公室，找区委正副书记让他们汇报贯彻工资改革的情况……这时，人声嘈杂，人影交错，电话铃声断断续续，林震仿佛从中听到了本区生活的脉搏的跳动，而区委会这座不新的、平凡的院落，也变得辉煌壮观起来。

在一切印象中，最突出和新鲜的印象是关于刘世吾的。刘世吾工作极多，常常同一个时间好几个电话催他去开会，但他还是一会儿就看完了《拖拉机站站长与总农艺师》，把书转借给了韩常新。而且，他已经把前一个月公布的拼音文字方案草案学会了，开始在开会时用拼音文字做记录了。某些传阅文件刘世吾拿过来看看题目和结尾就签上名送走，也有的不到三千字的指示他看上一下午，密密麻麻地画上各种符号。刘世吾有时一面听韩常新汇报情况，一面漫不经心地查阅其他的材料，听着听着却突然指出："上次你汇报的情况不是这样！"韩常新不自然地笑了。刘世吾的眼睛捉摸不定地闪着光，但他并不深入追究，仍然查他的材料，于是韩常新恢复了常态，有声有色地汇报下去。

赵慧文与韩常新的关系也被林震看出了一些疑窦：韩常新对一切人都是拍着肩膀，称呼着"老王""小李"，亲热而随便。 独独对赵慧文，却是一种礼貌的公事公办的态度。这样说话："赵慧文同志，党刊第一百零四期放在哪里？"而赵慧文也用顺从包含着警戒的神情对待他。

……四月，东风悄悄地刮起，不再被人喜爱的火炉蜷缩在阴暗的贮藏室，只有各房间熏黑了的屋顶还存留着严冬的痕迹。 往年这个时候，林震就会带着活泼的孩子们去卧佛寺或者西山八大处踏青，在早开的桃李与混浊的溪水中寻找春天的消息。 区委会的生活却不怎么受季节的影响，继续以那种紧张的节奏和复杂的色彩流转着。 当林震从院里的垂柳上摘下一片多汁的嫩芽时，他稍微有点怅惘，因为春天来得那么快，而他，却没做出什么有意义的事情来迎接这个美妙的季节……

晚上九点钟，林震走进了刘世吾办公室的门。 赵慧文正在这里，她穿着紫黑色的毛衣，脸儿在灯光下显得越发苍白。 听到有人进来，她迅速地转过头来，林震仍然看见了她略略突出的颧骨上的泪迹。 他回身要走，低着头吸烟的刘世吾做手势止住他："坐在这儿吧，我们就谈完了。"

林震坐在一角，远远地隔着灯光看报，刘世吾用烟卷在空中划着圆圈，诚恳地说：

"相信我的话吧，没错。 年轻人都这样，最初互相美化，慢慢发现了缺点，就觉得都很平凡。 不要有不切实际的要求，没有遗弃，没有虐待，没有发现他政治、品质上的问题，怎么能说生活不下去呢？ 才四年嘛。 你的许多想法是从苏联电影里学来的，实际上，就那么回事……"

赵慧文没说话，她撩一撩头发，临走的时候，对林震惨然地一笑。

刘世吾走到林震旁边，问："怎么样？"他丢下烟蒂，又掏出一支来点上火，紧接着贪婪地吸了几口，缓缓地吐着白烟，告诉林震："赵慧文跟她爱人又闹翻了……"接着，他开开窗户，一阵风吹掉了办公桌上的几张纸，传来了前院里散会以后人们的笑声、招呼声和自行车铃响。

刘世吾把只抽了几口的烟扔出去，伸了个懒腰，扶着窗户，低声说："真的是春天了呢！"

"我想谈谈来区委工作的情况，我有一些问题不知道怎么解决。"林震用一种坚决的神气说，同时把落在地上的纸页拾起来。

"对，很好。"刘世吾仍然靠着窗户框子。

林震从去麻袋厂说起："……我走到厂长室，正看见王清泉同志在……"

"下棋呢还是打扑克？"刘世吾微笑着问。

"您怎么知道？"林震惊骇了。

"他老兄什么时候干什么我都算得出来。"刘世吾慢慢地说，"这个老兄棋瘾很大，有一次在咱这儿开了半截会，他出去上厕所，半天不回来，我出去一找，原来他看见老吕和区委书记的儿子下棋，就在旁边支上招儿了。"

林震把魏鹤鸣对王清泉的控告讲了一遍。

刘世吾关上窗户，拉一把椅子坐下，用两个手扶着膝头支持着身体，轻轻地摆动着头：

"魏鹤鸣是个直性子，他一来就和王清泉吵得面红耳赤……你知道，王清泉也是个特殊人物，不太简单。抗战胜利以后，王清泉被派到国民党军队里工作，他当过国民党军的副团长，是个呱呱叫的情报人员。一九四七年以后他与我们的联系中断，直到解放以后才接上线。他是去瓦解敌人的，但是他自己也染上国民党军官的一些习气，改不过来，其实是个英勇的老同志。"

"这样……"

"是啊。"刘世吾严肃地点点头，接着说，"当然，不能以这为他辩护，党是派他去战胜敌人而不是与敌人同流合污，所以他的错误是应该纠正的。"

"怎么解决呢？魏鹤鸣说，这个问题已经拖了好久。他到处写过信……"

"是啊。"刘世吾又干咳了一会儿，做着手势说，"现在下边支部里各类问题很多，你如果一一地用手工业的方法去解决，那是事倍功半的。而且，上级布置的任务追着屁股，完成这些任务已经感到很吃力。作为领导，必须掌握一种把个别问题与一般问题结合起来，把上级分配的任务与基层存在的问题结合起来的艺术。再者，王清泉工作不努力是事实，但还没有发展到消极怠工的地步，作风有些生硬，也不是什么违法乱纪。显然，这不是组织处理的问题而是经常教育的问题。 从各方面看，解决这个问题的时机目前还不成熟。"

林震沉默着，他判断不清究竟怎样对。 是娜斯嘉的"对坏事绝不容忍"对呢，还是刘世吾的"条件成熟论"对？ 他一想起王清泉那样的厂长就觉得难受，但是，他驳不倒刘世吾的"领导艺术"。 刘世吾又告诉他："其实，有类似毛病的干部也不止一个……"这更加使得林震睁大了眼睛，觉得这跟他在小学时所听的党课的内容不是一个味儿。

后来，林震又把看到的韩常新如何了解情况与写简报的事说了说，他说，他觉得这样整理的简报不太真实。

刘世吾大笑起来，说："老韩…… 这家伙…… 真高明……"笑完了，又长出一口气，告诉林震："对，我把你的意见告诉他。"

林震犹豫着。 刘世吾问："还有别的意见么？"

于是林震勇敢地提出："我不知道为什么，来了区委会以后发现了许多许多缺点，过去我想象的党的领导机关不是这样……"

刘世吾把茶杯一放："当然，想象总是好的，实际呢，就那么回事。 问题不在于有没有缺点，而在于什么是主导的。我们区委的工作，包括组织部的工作，成绩是基本的呢，还是缺点是基本的？ 显然成绩是基本的，缺点是前进中的缺点。 我们伟大的事业，正是由这些有缺点的组织和党员完成着的。"

走出办公室以后，林震有一种奇怪的感觉：和刘世吾谈话似乎可以消食化气，而他自己的那些肯定的判断、明确的意见，却变得模糊不清了。他更加惶惑了。

六

不久，在党小组会上，林震受到了一次严厉的批评。

事情是这样：有一次，林震去麻袋厂，魏鹤鸣说，由于季度生产质量指标没有达到，王厂长狠狠地训了一回工人，工人意见很大，魏鹤鸣打算找些人开个座谈会，搜集意见，向上反映。林震很同意这种做法，以为这样也许能促进"条件的成熟"。过了三天，王清泉气急败坏地到区委会找副书记李宗秦，说魏鹤鸣在林震支持下搞小集团进行反领导的活动，还说参加魏鹤鸣主持的座谈会的工人都有历史问题，最后请求辞职。李宗秦批评了他的一些缺点，同意制止魏鹤鸣再开座谈会。"至于林震，"他对王清泉说，"我们会给予应有的教育的。"

批评会上，韩常新分析道："林震同志没有和领导商量，擅自同意魏鹤鸣召集座谈会，这首先是一种无组织无纪律的行为……"

林震不服气，他说："没有请示领导，是我的错。但是我不明白为什么我们不但不去主动了解群众的意见，反而制止基层这样做。"

"谁说我们不了解？"韩常新跷起一条腿，"我们对麻袋厂的情况统统掌握……"

"掌握了而不去解决，这正是最痛心的！ 党章上规定着，我们党员应该向一切违反党的利益的现象作斗争……"林震的脸变青了。

富有经验的刘世吾开始发言了，他向来就专门能在一定的关头起扭转局面的作用。

"林震同志的工作热情不错，但是他刚来一个月就给组织部的干部讲党章，未免仓促了些。 林震以为自己是支持自下而上的批评，是做了一件漂亮事，他的动机当然是好的。不过，自下而上的批评必须有领导地去开展，譬如这回事，请林震同志想一想：第一，魏鹤鸣是不是对王清泉有个人成见呢？ 很难说没有。 那么魏鹤鸣那样积极地去召集座谈会，可不可能有什么个人目的呢？ 我看不一定完全不可能。第二，参加会的人是不是有一些历史复杂别有用心的分子呢？ 这也应该考虑到。 第三，开这样一个会，会不会在群众里造成一种王清泉快要挨整了的印象因而天下大乱了呢？等等。 至于林震同志的思想情况，我愿意直爽地提出一个推测：年轻人容易把生活理想化，他以为生活应该怎样，便要求生活怎样。 作为一个党的工作者，要多考虑的却是客观现实，是生活可能怎样。 年轻人也容易过高估计自己，抱负甚多，一到新的工作岗位就想对缺点斗争一番，充当个娜斯嘉式的英雄。 这是一种可贵的、可爱的想法，也是一种虚妄……"

林震像被打中了似的颤了一下，他紧咬住了下嘴唇。

他鼓起勇气再问："那么王清泉……"刘世吾把头一仰："我明天找他谈话，有原则性的并不仅是你一个人。"

七

星期六晚上，韩常新举行婚礼。林震走进礼堂，他不喜欢那弥漫的呛人的烟气和地上杂乱的糖果皮与空中杂乱的哄笑，没等婚礼开始他就退了出来。

组织部的办公室黑着，他拉开灯，看见自己桌上的信，是小学的同事们写来的，其中还夹着孩子们用小手签了名的信：林老师，您身体好吗？我们特别特别想您，女同学都哭了，后来就不哭了，后来我们做算术，题目特别特别难，我们费了半天劲，中于算出来了……看着信，林震不禁独自笑起来了，他拿起笔把"中于"改成"终于"，准备在回信时告诉他们下次要避免别字。他仿佛看见了系蝴蝶结的李琳琳、爱画水彩画的刘小毛和常常爱把铅笔头含在嘴里的孟飞……他猛地把头从信纸上抬起来，看见的却是电话、吸墨纸和玻璃板。他所熟悉的孩子的世界和他的单纯的工作已经离他而去了，新的工作要复杂得多……他想起前天党小组会上人们对他的批评。难道自己真的错了？真的是莽撞和幼稚，再加几分年轻人的廉价的勇气？也许真的应该切实估量

一下自己，把分内的事做好，过两年，等到自己"成熟"了
以后再干预一切？

礼堂里传来爆发的掌声和笑声。

一只手落在肩上，他吃惊地回过头来，灯光显得刺眼，
赵慧文没有声响地站在他的身边，女同志走路都有这种不声
不响的本事。

赵慧文问："怎么不去玩？"

"我懒得去。你呢？"

"我该回家了。"赵慧文说，"到我家坐坐好吗？省得一
个人在这儿想心事。"

"我没有心事。"林震分辩着，但他接受了赵慧文的好
意。

赵慧文住在离区委会不远的一个小院落里。

孩子睡在浅蓝色的小床里，幸福地含着指头。赵慧文吻
了儿子，拉林震到自己房间里来。

"他父亲不回来吗？"林震问。

赵慧文摇摇头。

这间卧室好像是布置得很仓促，墙壁因为空无一物而显
得过分洁白，盆架孤单地缩在一角，窗台上的花瓶傻气地张
着口。只有床头小桌上的收音机，好像还能扰乱这卧室的安
静。

林震坐在藤椅上，赵慧文靠墙站着。林震指着花瓶说：
"应该插枝花。"又指着墙壁说："为什么不买几张画挂

上？"

赵慧文说："经常也不在，就没有管它。"然后她指着收音机问："听不听？ 星期六晚上，总有好的音乐。"

收音机响了，一种梦幻般的柔美的旋律从远处飘来，慢慢变得热情激荡。 提琴奏出的诗一样的主题，立即揪住了林震的心。 他托着腮，屏住了气。 他的青春，他的追求，他的碰壁，似乎都能与这乐曲相通。

赵慧文背着手靠在墙上，不顾衣服蹭上了石灰粉，等这段乐曲过去，她用和音乐一样的声音说："这是柴可夫斯基的《意大利随想曲》，让人想到南国，想到海……我在文工团的时候常听它，慢慢觉得，这调子不是别人演奏出的，而是从我心里钻出来的……"

"在文工团？"

"参加军事干部学校以后被分配去的，在朝鲜，我用蹩脚的嗓子给战士唱过歌，我是个哑嗓子的歌手。"

林震像第一次见面似的重新打量赵慧文。

"怎么，不像了吧？"这时电台改放"剧场实况"了，赵慧文把收音机关了。

"你是文工团的，为什么很少唱歌？"林震问。

她不回答，走到床边，坐下。 她说："我们谈谈吧，小林，告诉我，你对咱们区委的印象怎么样？"

"不知道。 我是说，还不明确。"

"你对韩常新和刘世吾有点意见吧，是不？"

"也许。"

"当初我也这样，从部队转业到这里，和部队的严格准确比较，许多东西我看不惯。我给他们提了好多意见，和韩常新激动地吵过一回，但是他们笑我幼稚，笑我工作没做好意见倒一大堆，慢慢地我发现，和区委的这些缺点作斗争是我力不胜任的……"

"为什么力不胜任？"林震像被刺痛了似的跳起来，他的眉毛拧在一起了。

"这是我的错。"赵慧文抓起一个枕头，放在腿上，"那时我觉得自己水平太低，自己也很不完美，却想纠正那些水平比自己高得多的同志，实在自不量力。而且，刘世吾、韩常新还有别人，他们确实把有些工作做得很好。他们的缺点散布在咱们工作的成绩里边，就像灰尘散布在美好的空气中，你嗅得出来，但抓不住，这正是难办的地方。"

"对！"林震把右拳头打在左手掌上。

赵慧文也有些激动了，她把枕头抛开，话说得更慢，她说："我做的是事务工作，领导同志也不大过问，加上个人生活上的许多牵扯，我沉默了。于是，上班抄抄写写，下班给孩子洗尿布、买奶粉。我觉得我老得很快，参加军干校时候那种热情和幻想，不知道哪里去了。"她沉默着，一个一个地捏着自己的手指，接着说："两个月以前，北京市进入社会主义高潮，工人、店员还有资本家，放着鞭炮，打着锣鼓到区委会报喜。工人、店员把入党申请书直接送到组织部，大街上一天一变，整个区委会彻夜通明，吃饭的时候，宣传部、财经部的同志滔滔不绝地讲着社会主义高潮中的各种气象。可我们组织部呢？工作改进很少！打电话催催发展数字，按前年的格式添几条新例子写写总结……最近，大家检查保守思想，组织部也检查，拖拖沓沓开了三次会，然后写个材料完事……哎，我说乱了，社会主义高潮中，每一声鞭炮都刺着我，当我复写批准新党员通知的时候，我的手激动得发抖，可是我们的工作就这样依然故我地下去吗？"她喘了一口气，来回踱着，然后接着说："我在党小组会上谈自己的想法，韩常新满足地问：'难道我们发展数字的完成比例不是各区最高的？难道市委组织部没要我们写过经验？'然后他进行分析，说我情绪不够乐观，是因为不安心事务工作……"

"开始的时候，韩常新给人一个了不起的印象，但是，实际一接触……"林震又说起那次写汇报的事。

赵慧文同意地点头："这一二年，虽然我没提什么意见，但我无时无刻不在观察。生活里的一切，有表面也有内容，做到金玉其外，并不是难事。譬如韩常新，充领导他会拉长了声音训人，写汇报他会强拉硬扯生动的例子，分析问题他会用几个无所不包的概念，于是，俨然成了个少壮有为的干部，他漂浮在生活上边，悠然得意。"

"那么刘世吾呢？"林震问，"他绝不像韩常新那样浅薄，但是他的那些独到的见解，精辟的分析，好像包含着一种可怕的冷漠。 看到他容忍王清泉这样的厂长，我无法理解，而当我想向他表示什么意见的时候，他的议论却把人越绕越糊涂，可除了跟着他走，似乎没有别的路……"

"刘世吾有一句口头语：就那么回事。 他看透了一切，以为一切就那么回事。 按他自己的说法，他知道什么是'是'，什么是'非'，还知道'是'一定战胜'非'，又知道'是'不能一下子战胜'非'。 他什么都知道，什么都见过——党的工作给人的经验本来很多。 于是他不再操心，不再爱也不再恨。 他取笑缺陷，仅仅是取笑；欣赏成绩，仅仅是欣赏。 他满有把握地应付一切，再也不需要虔诚地学习什么，除了拼音文字之类的具体知识。 一旦他认为条件成熟需要干一气，他就一把把事情抓在手里，教育这个，处理那个，俨然是一切人的上司。 凭他的经验和智慧，他当然可以做好一些事，于是他更加自信。"赵慧文毫不容情地说道。这些话曾经在多少个不眠的夜晚萦绕在她的心头。

"我们的区委副书记兼部长呢？ 他不管么？"

赵慧文更加兴奋了，她说："李宗秦身体不好，他想去做理论研究工作，嫌区委的工作过于具体。 他当组织部长只是挂名，把一切事情推给刘世吾。 这也是一种相当普遍的不正常的现象，有一批老党员，因为病，因为文化水平低，或者因为是首长爱人，他们挂着厂长、校长和书记的名，却由副厂长、教导主任、秘书或者某个干事做实际工作。"

"我们的正书记——周润祥同志呢？"

"周润祥是一个非常令人尊敬的领导同志，但是他工作太多，忙着肃反、私营企业的改造……各种带有突击性的任务。 我们组织部的工作呢，一般说永远成不了带突击性的中心任务，所以他管得也不多。"

"那……怎么办呢？"林震直到现在，才开始明白事情的复杂性，一个缺点，仿佛粘在从上到下的一系列的缘故上。

"是啊。"赵慧文沉思地用手指弹着自己的腿，好像在弹一架钢琴，然后她向着远处笑了，说，"谢谢你……"

"谢我？"林震以为自己听错了。

"是的，见到你，我好像又年轻了。 你天不怕地不怕，敢于和一切坏现象作斗争，于是我有一种婆婆妈妈的预感：你……一场风波要起来了。"

林震脸红了。 他根本没想到这些，他正为自己的无能而十分羞耻。 他嘟哝着说："但愿是真正的风波而不是瞎胡闹。"然后他问："你想了这么多，分析得这么清楚，为什么只是憋在心里呢？"

"我老觉得没有把握。"赵慧文把手放在自己的胸前，"我看了想，想了又看，有时候想得一夜都睡不好，我问自己：'你的工作是事务性的，你能理解这些吗？'"

"你怎么会这样想？ 我觉得你刚才说得对极了！ 你应该把你刚才说的对区委书记谈，或者写成材料给《人民日报》……"

"瞧，你又来了。"赵慧文露出润湿的牙齿笑了。

"怎么叫又来了？"林震不高兴地站起来，使劲搔着头皮，"我也想过多少次，我觉得，人要在斗争中使自己变正确，而不能等到正确了才去作斗争！"

赵慧文突然推门出去了，把林震一个人留在这空旷的屋子里，他嗅见了肥皂的香气。马上，赵慧文回来了，端着一个长柄的小锅，她跳着进来，像一个梳着三只辫子的小姑娘。她打开锅盖，戏剧性地向林震说：

"来，我们吃荸荠，煮熟了的荸荠！我没有找到别的好吃的。"

"我从小就喜欢吃熟荸荠。"林震愉快地把锅接过来，他挑了一个大的没剥皮就咬了一口，然后皱着眉吐了出来，"这是个坏的，又酸又臭。"赵慧文大笑了。林震气愤地把捏烂了的酸荸荠扔到地上。

临走的时候，夜已经深了，纯净的天空上布满了畏怯的小星星。有一个老头儿吆喝着"炸丸子开锅！"推车走过。林震站在门外，赵慧文站在门里，她的眼睛在黑暗中闪光，她说："下次来的时候，墙上就有画了。"

林震会心地笑着："而且希望你把丢下的歌儿唱起来！"他摇了一下她的手。

林震用力地呼吸着春夜的清香之气，一股温暖的泉水从心头涌了上来。

八

韩常新最近被任命为组织部副部长。 新婚和被提拔，使他愈益精神焕发和朝气勃勃。 他每天刮一次脸，在参观了服装展览会以后又做了一套凡尔丁料子的衣服。 不过，最近他亲自出马下去检查工作少了，主要是在办公室听汇报、改文件和找人谈话。 刘世吾仍然那么忙。

一天，晚饭以后，韩常新把《拖拉机站站长与总农艺师》还给林震，他用手弹一弹那本书，点点头说："很有意思，也很荒唐。 当个作家倒不坏，编得天花乱坠。 赶明儿我得了风湿性关节炎或者犯错误受了处分，就也写小说去。"

林震接过书，赶快拉开抽屉，把它压在最底下。

刘世吾坐在另一边的沙发上正出神地研究一盘象棋残局，听了韩常新的话，刻薄地说："老韩将来得关节炎或者受处分倒不见得不可能。 至于小说，我们可以放心，至少在这个行星上不会看到您的大作。"他说的时候一点不像开玩笑，以致韩常新尴尬地转过头，装没听见。

这时刘世吾又把林震叫过去，坐在他旁边，问："最近看什么书了？ 有没有好的借我看看？"

林震说没有。

刘世吾挪动着身体，斜躺在沙发上，两手托在脑后，半闭着眼，缓慢地说："最近在《译文》上看了《被开垦的处女地》第二部的片段，人家写得真好，活得很……"

"您常看小说？"林震真不大相信。

"我愿意荣幸地表示，我和你一样爱读书：小说、诗歌，包括童话。解放以前，我最喜欢屠格涅夫。小学五年级，我已经读《贵族之家》，我为伦蒙那个德国老头儿流泪，我也喜欢叶琳娜，英沙罗夫写得却并不好……可他的书有一种清新的、委婉多情的调子。"他忽地站起来，走近林震，扶着沙发背，弯着腰继续说，"现在也爱看，看的时候很入迷，看完了又觉得没什么。你知道，"他紧挨林震坐下，又半闭起眼睛，"当我读一本好小说的时候，我梦想一种单纯的、美妙的、透明的生活。我想去当水手，或者穿上白衣服研究红血球，或者当一个花匠，专门培植十样锦……"他笑了，他从来没这样笑过，不是用机智，而是用心。"可还是得当什么组织部长。"他摊开了手。

"为什么您把现在的工作看得和小说那么不一样呢？党的工作不单纯，不美妙，也不透明么？"林震友好而关切地问。

刘世吾接连摇头，咳嗽了一会儿又站起来，靠到远一点的地方，嘲笑地说："党的工作者不适合看小说……譬如，"他用手在空中一划，"拿发展党员来说，小说可以写：'在壮丽的事业里，多少名新战士加入到了无产阶级的先锋行列，万岁！'而我们呢，组织部呢，却正在发愁：第一，某支部组织委员工作马大哈，谈不清新党员的历史情况；第二，组织部压了百十个等着批准的新党员，没时间审查；第三，新党员须经常委会批准，而常委委员一听开会批准党员就请假；第四，公安局长参加常委会批准党员的时候老是打瞌睡……"

"您不对！"林震大声说，他像本人受了侮辱一样难以忍耐，"您看不见壮丽的事业，只看见某某在打瞌睡……难道您也打瞌睡了？"

刘世吾笑了笑，叫韩常新："来，看看报上登的这个象棋残局，该先挪车呢还是先跳马？"

九

魏鹤鸣告诉林震，他要求回到车间当工人，他说："这个支部委员和生产科长我干不了。"林震费尽唇舌，劝他把那次座谈会搜集的意见写给党报，并且质问他："你退缩了，你不信任党和国家了，是吗？"后来魏鹤鸣和几个意见较多的工人写了一封长信，偷偷地寄给报纸，连魏鹤鸣本人都对自己有些怀疑："也许这又是'小集团活动'？那就处罚我吧！"他是带着有罪的心情把大信封扔进邮筒的。

五月中旬，《北京日报》以显明的标题登出揭发王清泉官僚主义作风的群众来信。署名"麻袋厂一群工人"的信，愤怒地要求领导处理这一问题。《北京日报》编者也在按语中指出："……有关领导部门应迅速做认真的检查……"

赵慧文首先发现了，她叫林震来看。 林震兴奋得手发抖，看了半天连不成句子，他想："好！ 终于揭出来了！ 还是党报有力量！"

他把报纸拿给刘世吾看，刘世吾仔细地看了几遍，然后抖一抖报纸，客观地说："好，开刀了！"

这时，区委书记周润祥走进来，他问："王清泉的情况你们了解不？"

刘世吾不慌不忙地说："麻袋厂支部一些不健康的情况那是确实存在的。 过去，我们就了解过，最近我亲自找王清泉谈过话，同时小林同志也去了解过。"他转身向林震："小林，你谈谈王清泉的情况吧。"

有人敲门，魏鹤鸣紧张地撞进来，他的脸由红色变成了青色，他说，王厂长在看到《北京日报》以后非常生气，现在正追查写信的人。

经过党报的揭发与区委书记的过问，刘世吾以出乎林震意料的雷厉风行的精神处理了麻袋厂的问题。 刘世吾一下决心，就可以把工作做得很出色。 他把其他工作交代给别人，连日与林震一起下到麻袋厂去。 他深入车间，详细调查了王清泉工作的一切情况，征询工人群众的一切意见。 然后，与各有关部门进行了联系，只用了一个多星期的时间，就对王清泉做了处理——党内和行政都予以撤职处分。

处理王清泉的大会一直开到深夜。 开完会，外面下起雨，雨忽大忽小，久久不停息，风吹到人脸上有些凉。刘世吾与林震到附近的一个小铺子去吃馄饨。

这是新近公私合营的小铺子，整理得干净而且舒适。由于下雨，顾客不多。他们避开热气腾腾的馄饨锅，在墙角的小桌旁坐下来。

他们要了馄饨，刘世吾还要了白酒，他呷了一口酒，掐着手指，有些感触地说："我这是第六次参加处理犯错误的负责干部的问题了，头几次，我的心很沉重。"由于在大会上激昂地讲过话，他的嗓音有些嘶哑，"党的工作者是医生，他要给人治病，他自己却是并不轻松的。"他用无名指轻轻敲着桌子。

林震同意地点头。

刘世吾忽然问："今天是几号？"

"五月二十。"林震告诉他。

"五月二十，对了。九年前的今天，'青年军'二〇八师打坏了我的腿。"

"打坏了腿？"林震对刘世吾过去的历史还不了解。

刘世吾不说话，雨一阵大起来，他听着那哗啦哗啦的单调的响声，嗅着潮湿的土气。一个被雨淋透的小孩子跑进来避雨，小孩的头发在往下滴水。

刘世吾招呼店员："切一盘肘子。"然后告诉林震："一九四七年，我在北大当自治会主席。参加'五二〇'游行的时候，二〇八师的流氓打坏了我的腿。"他挽起裤子，可以

看到一道弧形的疤痕，然后他站起来："看，我的左腿是不是
比右腿短一点？"

　　林震第一次以深深的尊敬和爱戴的眼光看着他。

　　喝了几口酒，刘世吾的脸微微发红，他坐下，把肉片夹
给林震，然后歪着头说："那个时候……我是多么热情，多么
年轻啊！　我真恨不得……"

　　"现在就不年轻、不热情了么？"林震用期待的眼光看
着。

　　"当然不。"刘世吾玩着空酒杯，"可是我真忙啊！　忙得
什么都习惯了，疲倦了。　解放以来从来没睡够过八小时觉，
我处理这个人和那个人，却没有时间处理处理自己。"他托
起腮，用最质朴的人对人的态度看着林震，"是啊，一个布尔
什维克，经验要丰富，但是心还要单纯……再来一两！"刘
世吾举起酒杯，向店员招手。

　　这时林震开始被他深刻和真诚的抒发所感动了。　刘世吾
接着闷闷地说："据说，炊事员的职业病是缺少良好的食欲，
饭菜是他们做的，他们整天和饭菜打交道。　我们，党的工作
者，我们创造了新生活，结果，生活反倒不能激动我
们……"

　　林震的嘴动了动，刘世吾摆摆手，表示希望不要现在就
和他辩论。　他不说话，独自托着腮发愣。

　　"雨小多了，这场雨对麦子不错。"过了半天，刘世吾叹
了口气，忽然又说："你这个干部好，比韩常新强。"

林震在慌乱中赶紧喝汤。

刘世吾盯着他，亲切地笑着，问他："赵慧文最近怎么样？"

"她情绪挺好。"林震随口说。 他拿起筷子去夹熟肉，看见了他熟悉的刘世吾的闪烁的目光。

刘世吾把椅子拉近他，缓缓地说："原谅我的直爽，但是我有责任告诉你……"

"什么？"林震停止了夹肉。

"据我看，赵慧文对你的感情有些不……"

林震颤抖着手放下了筷子。

离开馄饨铺，雨已经停了，星光从黑云下面迅速地露出来，风更凉了，积水潺潺地从马路两边的泄水池流下去。 林震迷惘地跑回宿舍，好像喝了酒的不是刘世吾，倒是他。 同宿舍的同志都睡得很甜，粗短的和细长的鼾声此起彼伏。 林震坐在床上，摸着湿了的裤脚，眼前浮现了赵慧文苍白而美丽的脸……他还是个毛头小伙子，他什么也没经历过，什么都不懂。 他走近窗子，把脸紧贴在外面沾满了水珠的冰冷的玻璃上。

✚

区委常委开会讨论麻袋厂的问题。

林震列席参加。 他坐在一角，心跳、紧张，手心里出了汗。 他的衣袋里装着好几千字的发言提纲，准备在常委会上从麻袋厂事件扯出组织部工作中的问题。 他觉得麻袋厂问题的揭发和解决，造成了最好的机会，可以促请领导从根本上考虑一下组织部的工作。 时候到了！

刘世吾正在条理分明地汇报情况。 书记周润祥显出沉思的神色，用左拳托着士兵式的粗壮而宽大的脸，右腕子压着一张纸，时而在上面写几个字。 李宗秦用食指在空中写划着。 韩常新也参加了会，他专心地把自己的鞋带解开又系上。

林震几次想说话，但是心跳得使他喘不上气。 第一次参加常委会，就作这种大胆的发言，未免过于莽撞吧？ 不怕，不怕！ 他鼓励自己。 他想起八岁那年在青岛学跳水，他也一边听着心跳，一边生气地对自己说："不怕，不怕！"

区委常委批准了刘世吾对于麻袋厂问题提出的处理意见，马上就要进行下面一项议程了，林震霍地举起了手。

"有意见吗？ 不举手就可以发言的。"周书记笑着说。

林震站起来，碰响了椅子，掏出笔记本看着提纲，他不敢看大家。

他说："王清泉个人是做了处理了，但是如何保证不再有第二、第三个王清泉出现呢？ 我们应该检查一下区委组织工作中的缺点：第一，我们只抓了建党，对于巩固党没给予应有的注意，使基层的党内斗争处于自流状态。 第二，我们明知有问题却拖延着不去解决，王清泉来厂子整整五年，问题一直存在而且愈发展愈严重。……具体地说，我认为韩常新同志与刘世吾同志有责任……"

会场起了轻微的骚动，有人咳嗽，有人放下了烟卷，有人打开笔记本，有人挪了一下椅子。

韩常新耸了一下肩，用舌头舔了一下扭动着的牙床，讽刺地说："往往听到一种事后诸葛亮的意见：'为什么不早一点处理呢？'当然是愈早愈好啰！高、饶事件发生了，有人问为什么不早一点，贝利亚，也有人问为什么不早一点。再者，组织部并不能保证第二、第三个王清泉不会出现，林震同志也未尝能保证这一点……"

林震抬起头，用被激怒的目光看着韩常新。韩常新却只是冷冷地笑。林震压抑着自己说："老韩同志知道缺点的存在是规律，但他不知道克服缺点前进更是规律。老韩同志和刘部长，就是抱住了头一个规律，因而对各种严重的缺点采取了容忍乃至于麻木的态度！"说完，他用手抹了抹头上的汗，他也不知道自己怎么敢说得这样尖锐，但是终究说出来了，他有一种如释重负的感觉。

李宗秦在空中划着的食指停住了。周润祥转头看看林震又看看大家，他沉重的身躯使木椅发出了吱吱声。他向刘世吾示意："你的意见？"

刘世吾点点头："小林同志的意见是对的，他的精神也给了我一些启发……"然后他悠闲地溜到桌子边去倒茶水，用手抚摸着茶碗沉思地说："不过具体到麻袋厂事件，倒难说了。 组织部门巩固党的工作抓得不够，是的，我们干部太少，建党还抓不过来。 对麻袋厂王清泉的处理，应该说还是及时而有效的。 在宣布处理意见的工人大会上，工人的情绪空前高涨，有些落后的工人也表示更认识到了党的大公无私，有一个老工人在台上一边讲话一边落泪，他们口口声声说着感谢党，感谢区委……"

林震小声说："是的，正因为这样，我才觉得我们工作中的麻木、拖延、不负责任，是对群众犯罪。"他提高了声音，"党是人民的、阶级的心脏，我们不能容忍心脏上有灰尘，就不能容忍党的机关的缺点！"

李宗秦把两手交叉起来放在膝头，他缓缓地说，像是一边说一边思索着如何造句："我认为林震、韩常新、刘世吾同志的主要争论有两个症结，一个是规律性与能动性的问题，……一个是……"

林震以不知从哪儿来的勇气对李宗秦说："我希望不要只作冷静而全面的分析……"他没有说下去，他怕自己掉下眼泪来。

周润祥看一看林震，又看一看李宗秦，皱起了眉头，沉默了一会儿，迅速地写了几个字，然后对大家说："讨论下一项议程吧。"

散会后，林震气恼得没有吃下饭，区委书记的态度他没想到，他不满甚至有点失望。 韩常新与刘世吾找他一起出去散步，就像根本没理会他对他们的不满意，这使林震更意识到自己和他们力量的悬殊。 他苦笑着想："你还以为常委会上发一席言就可以起好大的作用呢！"他打开抽屉，拿起那本被韩常新嘲笑过的苏联小说，翻开第一页，上面写着："按娜斯嘉的方式生活！"他自言自语："真难啊！"

他缺少了什么呢？

十一

第二天下班以后，赵慧文告诉林震："到我家吃饭去吧，我自己包饺子。"他想推辞，赵慧文已经走了。

林震犹豫了好久，终于在食堂吃了饭再到赵慧文家去。赵慧文的饺子刚刚煮熟。 她穿着暗红色的旗袍，系着围裙，手上沾满面粉，像一个殷勤的主妇似的对林震说："新下来的豆角做的馅子……"

林震嗫嚅地说："我吃过了。"

赵慧文不信，跑出去给他拿来了筷子，林震再三表示确实吃过，赵慧文不满意地一个人吃起来。 林震不安地坐在一旁，一会儿看看这，一会儿看看那，一会儿搓搓手，一会儿晃一晃身体。

"小林，有什么事么？"赵慧文停止了吃饺子。

"没……有。"

"告诉我吧。"赵慧文目不转睛地看着他。

"昨天在常委会上我把意见都提了，区委书记睬都不眯……"

赵慧文咬着筷子头想了想，她坚决地说："不会的，周润祥同志只是不轻易发表意见……"

"也许。"林震半信半疑地说，他低下头，不敢正面接触赵慧文关切的目光。

赵慧文吃了几个饺子，又问："还有呢？"

林震的心跳起来了。他抬起头，看见了赵慧文的好意的眼睛，他轻轻地叫："赵慧文同志……"

赵慧文放下筷子，靠在椅子背上，有些吃惊了。

"我很想知道，你是否幸福。"林震用一种粗重的，完全像大人一样的声音说，"我看见过你的眼泪，在刘世吾的办公室，那时候春天刚来……后来忘记了。我自己马马虎虎地过日子，也不会关心人。你幸福吗？"

赵慧文略略疑惑地看着他，摇头，"有时候我也忘记……"然后点头，"会的，会幸福的。你为什么问它呢？"她安详地笑着。

林震把刘世吾对他讲的告诉了她："……请原谅我，把刘世吾同志随便讲的一些话告诉了你，那完全是瞎说……我很愿意和你一起说话或者听交响乐，你好极了，那是自然而然的，……也许这里边有什么不好的、不合适的东西，马马虎虎的我忽然多虑了，我恐怕我扰乱谁。"林震抱歉地结束了。

赵慧文安详地笑着，接着皱起了眉尖儿，又抬起了细瘦的胳臂，用力擦了一下前额，然后她甩了一下头，好像甩掉什么不愉快的心事似的转过身去了。

她慢慢地走到墙壁上新挂的油画前边，默默地看画。那幅画的题目是《春》：莫斯科，太阳在春天初次出现，母亲和孩子一起到街头去……

一会儿，她又转过身来，迅速地坐在床上，一只手扶着床栏杆，异常平静地说："你说了些什么呀？真的！我不会做那些不经过考虑的事。我有丈夫，有孩子，我还没和你谈过我的丈夫。"她不用常说的"爱人"，而强调地说着"丈夫"。"我们在五二年结的婚，我才十九，真不该结婚那么早。他从部队里转业，在中央一个部里当科长，他慢慢地染上了一种油条劲儿，争地位、争待遇，和别人不团结。我们之间呢，好像也只剩下了星期六晚上回来和星期一走。我的看法是：或者是崇高的爱情，或者什么都没有。我们争吵了……但是我仍然等待着……他最近出差去上海，等回来，我要和他好好谈一谈。可你说了些什么呢？"她又一次问，"小林，你是我所尊敬的顶好的朋友，但你还是个孩子——这个称呼也许不对，对不起。我们都希望过一种真正的生活，我们希望组织部成为真正的党的工作机构，我觉着你像是我的弟弟，你盼望我振作起来，是吧？生活是应该有互相支援和友谊的温暖，我从来就害怕冷淡。就是这些了，还有什么呢？还能有什么呢？"

林震惶恐地说："我不该受刘世吾话的影响……"

"不。"赵慧文摇头,"刘世吾同志是聪明人,他的警告也许并不是完全没有必要,然后……"她深深地吐一口气,"那就好了。"

她收拾起碗筷,出去了。

林震茫然地站起,来回踱着步子,他想着、想着,好像有许多话要说,慢慢地,又没有了。他要说什么呢?本来什么都没有发生。生活有时候带来某种情绪的波流,使人激动也使人困扰,然后波流流过去,没有一点痕迹……真的没有痕迹吗?它留下对于相逢者来说纯洁和美好的记忆,虽然淡淡,却难忘……

赵慧文又进来了,她领着两岁的儿子,还提着一个书包。小孩已经与林震见过几次面,亲热地叫林震"夫夫"——他说不清楚"叔叔"。

林震用强健的手臂把他举了起来。空旷的屋子里顿时充满了孩子的笑闹声。

赵慧文打开书包,拿出一叠纸,翻着,说:"今天晚上,我要让你看几样东西。我已经把三年来看到的组织部工作中的一些问题和自己的意见写了一个草稿。这个………"她不好意思地摸了一下一张橡皮纸,"大概这是可笑的,我给自己规定了一个竞赛的办法,让今天的自己和昨天的自己竞赛。我画了表,如果我的工作有了失误——写入党批准通知的时候抄错了名字或者统计错了新党员人数,我就在表上画一个黑叉子,如果一天没有错,就画一个小红旗。连续一个月都是红旗，我就买一条漂亮的头巾或者别的什么奖励自己……也许，这像幼儿园的做法吧？ 你觉得好笑吗？"

林震入神地听着，他严肃地说："不。 我尊敬你对自己的……"

临走的时候，夜已经深了。 林震站在门外，赵慧文站在门里，她的眼睛在黑暗中闪着光，她说："今天的夜色非常好，你同意吗？ 你闻见槐花的香气了没有？ 平凡的小白花，它比牡丹清雅，比桃李浓馥。 你闻不见？ 真是！ 再见，明天一早就见面了，我们各自投身到伟大而麻烦的工作里边。 然后晚上来找我吧，我们听美丽的《意大利随想曲》。 听完歌，我给你煮荸荠，然后我们把荸荠皮扔得满地都是……"

林震靠着组织部门前的大柱子好久好久地呆立着，望着夜的天空。 初夏的南风吹拂着他——他来时是残冬，现在已经是初夏了。 他在区委会度过了第一个春天。

他做好的事情很少，简直就是没有，但他学了很多，多懂了不少事。 他懂了生活的真正的美好和真正的分量，他懂了斗争的困难和斗争的价值。 他渐渐明白，在这平凡而又伟大的、包罗万象的、担负着无数艰巨任务的区委会，单凭个人的勇气是做不成任何事情的……从明天……

办公室的小刘走过，叫他："林震，你上哪儿去了？ 快去找周润祥同志，他刚才找了你三次。"

区委书记找林震了吗？ 那么不是从明天，而是从现在，他要尽一切力量去争取领导的指引，这正是目前最重要的……

　　隔着窗子，他看见绿色的台灯和夜间办公的区委书记的高大侧影，他坚决地、迫不及待地敲响了领导同志办公室的门。

1956 年 5 月—7 月

一

一九五七年八月

奇热的天气。 P城气象台预报说，这一天的最高气温是三十九摄氏度。 这是一个发烧、看急诊的温度，一个头疼、头晕、嘴唇干裂、食欲减退、舌苔变黄而又畏寒发抖、颜面青白、嘴唇褐紫、捂上双层棉被也暖和不过来的温度。 你摸一摸桌子、墙壁、床栏杆，温吞吞的。 你摸一摸石头和铁器，烫手。 你摸一摸自己的身体，冰凉。 钟亦成的心，更冷。

这是怎么回事？ 忽然，一下子就冻结了。 花草、天空、空气、报纸、笑声和每一个人的脸孔，突然一下子硬了起来。 世界一下子降到了太空温度——绝对零度了吗？天空像青色的铁板，花草像杂乱的石头，空气液化以后结成了坚硬的冰块，报纸杀气腾腾，笑声陡地消失，脸孔上全是冷气。 心，失去血色，硬邦邦的了。

事情是从七月一日开始的。 七月一日，多么美好，多么庄严，多么令人热血沸腾的日子！ 在这一天以前，中共P城市中心城区委员会的青年干部、办公室调查研究组的组长钟亦成，正像在解放后的历次政治运动中一样，积极热情，慷慨激昂，毫无保留地参加着反右派斗争，他还是办公室领导运动的三人小组的成员呢。然而，七月一日，首都出版的一家报纸上，刊登了一位文艺评论界的新星写的批判文章，这篇文章批判了钟亦成发表在一个小小的儿童画报上的一首小诗。小诗的题目是《冬小麦自述》，拢共不过四句：

> 野菊花谢了，
>
> 我们生长起来；
>
> 冰雪覆盖着大地，
>
> 我们孕育着丰收。

可怜的钟亦成，他爱上了诗（有人说，写诗是不会有好下场的，不论拜伦还是雪莱，普希金还是马雅可夫斯基，不是决斗中被杀就是自杀，要不也得因为乱搞男女关系而坐牢）。他读了、背诵了那么多诗，他流着泪，熬着夜，哭着、笑着、叨念着、喊叫着、低语着写了那么多那么多诗，就是这首《冬小麦自述》也写了那么多那么多行，最后被不知是哪一位学识渊博、德高望重、近视度数很深的编辑全给砍掉了。截至这时，钟亦成发表出来的诗只有这四句，而且是配在一幅乡村风景画的右下角。然而这也光荣，这也幸福，这是大地的一幅生生不已的画面，抖颤的小黄菊花，漫天遍地的白雪，翠绿如毡的麦苗和沉甸甸的麦穗……这四句也蓄积着他的许多爱，许多遐想。 他在对千千万万的儿童说话。 读了他的诗，一个穿着小海军服的胖小子问他的妈妈："什么叫小麦？ 小麦比大麦小多少？""我的孩子，小的不见得比大的小啊，你明白吗？"烫头发的、含笑的妈妈说，她不知道该选择怎样的词句。 还有一个梳着小辫子的小姑娘，读了他的四句诗，就想到农村去，想看一看田野、庄稼、农民、代谢迭替着的作物，还有磨坊，小麦在那里变成了雪白的面粉……多么幸福，多么光荣！

　　然而它受到了评论新星的批评。 那是一颗新星，正红得透紫。 评论文章的题目是：《他在自述些什么》。 新星说，这首诗发表在五七年五月，正是反党反社会主义的右派分子向党猖狂进攻的时刻，他们叫嚣要共产党"下台""让位"，"杀共产党"，他们用各种形式，包括写诗的形式发泄他们对党和人民的刻骨仇恨，变天的梦想，反攻倒算的渴望。 因此，对于《冬小麦自述》这首诗，必须从政治斗争的全局加以分析，切不可掉以轻心，被披着羊皮的豺狼、化装成美女的毒蛇所蒙骗。"野菊花谢了"，这就是说要共产党下台，称共产党为"野"，实质上与美国驻联合国代表奥斯汀污蔑我们党毁灭文化遥相呼应。"我们生长起来"，则是说资产阶级顽固派即右派要上台，"我们"就是章罗联盟，就是黄世仁和穆仁智，蒋介石和宋美龄。"冰雪覆盖着大地"，表达了对我们社会主义祖国强大的无产阶级专政的极端阴暗、极端仇视、极端恐惧的即将灭亡的反动阶级的心理，切齿之声，清晰可闻。而且作者的影射还不限于此，"我们孕育着丰收"，其实是号召公开举行反革命叛乱。

载着这篇文章的报纸下午才运到 P 城，临下班以前来到了中心城区委员会。文章像炸弹一样爆炸了，有的人惊奇，有的人害怕，有的人发愁，有的人兴奋。钟亦成只看了几句，轰的一声，左一个嘴巴，右一个嘴巴，脸儿烫烫地发起烧来了，评论新星扭住了他的胳臂，正在叭、叭、叭、叭左右开弓地扇他的嘴巴。你怎么不问问我是什么人呢？怎么不了解了解我的政治历史和现实表现，就把我说成了这个样子呢？钟亦成想抗议，但是他发不出声音，新星已经扼住他的脖子。新星的原则性是那么强，提问题提得那么尖锐、大胆、高超，立论是那么势如破竹，不可阻挡，指责是那样严重，那样骇人听闻，具有一种摧毁一切防线的强大火力，具有一种不容讨论的性质。文艺批评是可以提出异议的，政治判决，而且是军事法庭似的从政治上处以死刑的判决，却只能立即执行，就地正法。

然而他不能接受，他非抗议不可。一辆汽车横冲直撞，开上了人行道，开进了百货商场；一个强盗大白天执斧行凶，强奸幼女；挖一个三十米深的大坑，把一座大楼推倒在坑里；抱起一挺重机枪，到小学课室里扫射……即使发生了这样的事，也不见得比这篇批判文章更令钟亦成吃惊。白纸黑字，红口白牙，我们自己的报纸上怎么会出现这样的弥天大谎？ 所有的那些吓死人的分析，分析的是他和他的小小的诗篇吗？ 他听见了自己的骨头碎成渣的声音，那位评论新星正把他卷巴卷巴放到嘴里，正在用门齿、犬齿和臼齿把他嚼得咯吱咯吱作响。

他去找区委书记老魏。 老魏的家就在区委会的后院，老魏的妻子就在这个区工作，但是老魏多数情况下仍然住在办公室。 灯光下，老魏拿过了那张报纸，越看，眉头就皱得越紧，没有听完钟亦成激动的申辩，他说："你这个同志呀，不要紧张嘛，要沉得住气嘛，要经得起考验嘛。 好好工作！有什么想法，可以谈嘛。"

区委书记的话，主要是区委书记的态度，使他安心多了。 但当他从走廊走过的时候，无意中看到办公室主任、三人小组组长宋明正在认真阅读评论新星的文章，手捏着红铅笔，圈圈点点。 宋明同志，不知为什么一想起他来就有点发怵。 宋明长着一副小小的却是老人一样的多纹路的面孔，戴着一副小小的、儿童用品一样的眼镜，最近刚与老婆离了婚，从早到晚板着面孔，除去报刊和文件上的名词他似乎不会别的语言。 给钟亦成印象最深的是一年以前，钟亦成曾经发现，在宋明的工作台历上，和密密麻麻的"催××简报""报××数字""答复××询问事项""提××名单"等事项并列的还有"与淑琴共看电影并谈话"（淑琴是他妻子的名字，当然，那时候他们还没有离婚）以及"找阿熊谈说谎事"（阿熊是他儿子的名字，现年六岁）。 现在，评论新星的文章引起了宋明的注意，肯定，他的工作台历上将要出现新的项目，如"考虑钟亦成《冬小麦自述》一诗"之类，这未免令人发毛。

钟亦成找了自己的恋人凌雪。凌雪说："这简直是胡扣帽子！是赤裸裸的陷害和诽谤，是胡说八道！"又说："也不能他说什么就算什么啊，不用理他！别发愁，劳驾，走，咱们上街喝一杯冷牛奶！"

凌雪的话使钟亦成的心活动了些，抬起头，天没有塌下来；跺跺脚，地没有陷下去。钟亦成还是钟亦成，爱情还是爱情，区委会还是区委会。但他觉得凌雪把问题看得简单了，她怎么体会不到，"新星"咄咄逼人的架势和语言后面，隐藏着多么巨大的危险！

什么危险？他不敢想。他可以想象自己生命的终止，可以想象太阳系的衰老和消亡，却不能想象这危险。但他从七月一日这一天产生了一种如此令人懊恼又令人羞辱的心理：他非常注意旁人对他的态度，注意别人的眼和脸。可能是他神经过敏，也可能确是事实，他觉得绝大多数人在这一天以后程度不同地对他改变了态度——他知道，这是"新星"的文章的效应。有人见了他习惯地一笑，但笑容还未完全显露出来就被撤销了，脸部肌肉的这种古怪的运动可真叫人难受！有人见了他照例伸出了手，匆匆地一握——眼睛却看着别处。有些特别熟悉的同志，见了他不好不说几句话，但说的话颠三倒四，显然是心不在焉。只有宋明，见了他以后态度似乎比往日更好一些，宋明的彬彬有礼和从容不迫后面包含着一种自负，一种满足，却绝没有虚伪。

八月，形势急转直下。先是上级批评了这个区的反右运动，说是这里的运动有三多三少：声讨社会上的右派多，揪出本单位的右派少；揪出来的人当中留用人员多，混在革命队伍内部特别是党内的少；基层里揪出来的多，区委领导机关里揪出来的少。接着宋明在各种会议上发动了攻势，并贴出了大字报，指出这里的运动之所以迟迟打不开局面，是由于老魏手软，温情，领导人本身就右倾，还能搞好反右派斗争吗？例如，首都某报纸已经对钟亦成的反党诗进行了严厉的批判，区委这里却按兵不动，甚至还让钟亦成继续混在办公室的三人小组之中，这难道不能说明老魏在政治上已经堕落到何种地步了吗？果然，在上级和宋明的夹攻之中，老魏做了一次又一次的检讨，钟亦成也被"调"出了三人小组。紧跟着，各部门的运动进入了新阶段，呼啦呼啦地揪出了许多人。揭发钟亦成的大字报一张又一张地出现了。真奇怪，一个好好的人只要一揭就会浑身都是疮疤。钟亦成曾经嘲笑过某个领导同志讲话啰唆，钟亦成曾经说过许多文件、简报、材料无用，钟亦成曾经说过我们的党群关系有问题……越揭越多，使钟亦成自己也完全蒙了。终于，在奇热的这一天，他被叫去谈话，和他谈话的主要领导人是宋明，老魏也在场。

从此，开始了他一生的新阶段，而一切的连续性，中断了。

一九六六年六月

红袖章的火焰燃烧着炽热的年轻的心。 响彻云霄的语录歌声激励着孩子们去战斗。 冲呀冲，打呀打，砸烂呀砸烂，红了眼睛去建立一个红彤彤的世界，却还不知道对手是谁。

但是有标签。 根据标签，钟亦成被审问道：

"说，你是怎么仇恨共产党的？ 你是怎样梦想夺去你失去的天堂的？"

"说，你过去干过哪些反革命勾当，今后准备怎样推翻共产党？"

"说，你保留着哪些变天账，你是不是希望蒋介石打回来，你好报仇雪恨，杀共产党？"

集体念语录：

"在拿枪的敌人被消灭以后，不拿枪的敌人依然存在……"

"革命不是请客吃饭，不是做文章……"

嗖，一皮带，嗡，一链条，喔噢，一声惨叫。

"说，说，说！"

"我热爱党！"

"放屁！ 你怎么会热爱党？ 你怎么可能热爱党？ 你怎么敢说你热爱党？ 你怎么配说你热爱党？ 你这是顽固到底！ 你这是花岗岩脑袋！ 你这是向党挑战！ 你这是不肯认

输，不肯服罪！你这是猖狂反扑！我们就是要把你打翻在地再踏上……"

嗖和嚓，皮带和链条，火和冰，血和盐。钟亦成失去了知觉，在快要失去知觉的一刹那，他看到了那永远新鲜、永远生动、永远神圣而且并不遥远的一切。

二

一九四九年一月

一九四九年一月十一日，人民解放军向 P 城发动了总攻击。两天之后，P 城党的地下市委通知各秘密支部：决定性的时刻已经到来，为了防止国民党军灭亡前疯狂破坏，防止地痞流氓、社会渣滓利用新旧历史篇章迭替中可能出现的空白页进行抢劫和其他犯罪活动，各支部要按照近两个月来反复研究和制定的迎接解放的部署，立即付诸行动。

P 城省立第一高中的学生、三个平行支部之一的支部书记、入党已经两年半的十六岁的候补党员钟亦成，在接到上级联系人的通知以后，打破秘密工作的常规，连夜把他所联系的四名党员（其中有一名是年逾五十的数学教师）、十三名盟员召集到一间早已弃置不用的锅炉房地下室里，在闪烁着微弱的光焰的蜡烛照明之下（发电厂早就不发电了），传达了上级的指示，然后用短促有力的话语为这十七个人分配了任务。十七个人第一次聚在一起，为党员和盟员队伍的壮大兴旺而欢欣鼓舞，为有钟亦成这样干练、这样聪明、这样富有忘我精神的指挥员而感到放心和自豪。回到宿舍，正是午夜沉沉的时刻，他们叫醒了北斋所有的住校生，钟亦成说道：

"同学们，现在，解放大军已经攻进了城，国民党反动派的罪恶统治就要结束了！中国几千年的人吃人的历史就要结束了！天亮了！繁荣、富强、自由、平等、人民当家做主的新中国，就要诞生了！根据华北学联的要求，我们要组织护校、护城，防止破坏，保护国家名胜古迹和人民的生命财产……凡愿意参加的，到这边来领袖标……"

钟亦成亮出早已准备好的学联的旗帜和袖标，同学们的脸上呈现出惊喜、诧异、迷惘、恐惧的表情。学生当中本来还有少数的特务分子和从解放区逃出来的反动地富的子弟，他们已在前不久被"剿总"招到"自救先锋队"里，准备和共产党决一死战去了。这样，学生宿舍里剩下的大多还是比较正派的学生。很快，在秘密党员和盟员的带动之下，在"国家兴亡，匹夫有责""我们是新时代的主人，新社会的先锋"等豪言壮语的鼓动之下，除了少数几个嘴唇哆嗦的胆小鬼以外，大多数同学都响应了号召，他们佩戴上了红袖标，他们撬开了体育室的门（学校行政负责人已经不知去向），每人拿了一根"童子军"军棍做武器，列队向校外走去。至于那位党员教师，他以教联的名义组织在校的教职员工护校。

　　天色微明，冷风料峭，炮声停止了，枪声还在时紧时慢地鸣响着，有远处传来的炒豆般噼噼啪啪的声音，也有近处子弹划破空气所发出的尖厉的"啾""啾"声，四处充满了硝烟的气味。街道上阒无一人。所有的商店都关紧了门窗，上着厚重的木板。日常行驶在大街上的仅余的几辆破破烂烂、叮咣作响的有轨电车和改装烧木柴的、烟气刺鼻的公共汽车根本没有出场，洋车（黄包车）、三轮和排子车也失去了踪迹。连在这个一切都日渐紧缩和衰败的城市唯一急速膨胀、扩大着的乞丐队伍也不知道收缩到哪里去了。只有街头堆置的散发着刺鼻的腐臭气味的五颜六色的垃圾，使你能够想起这个城市的居民，想到他们正在腐烂、正在死亡、正在沉沦、正在蜕变和正在新生的生活。

　　钟亦成带领着一支由三十多个年轻的中学生组成的队伍走过来了。他们当中，最大的二十一岁，最小的十四岁，平均年龄不到十八岁。他们穿得破破烂烂，冻得鼻尖和耳梢通红，但是他们的面孔严肃而又兴奋，天真、好奇而又英勇、庄重。他们挺着胸膛，迈着大步，目光炯炯有神，心里充满着只有亲手去推动看得见、摸得着的历史车轮的人才体会得到的那种自豪感。

　　　　路是我们开哟，

　　　　树是我们栽哟，

　　　　摩天楼是我们亲手造起来哟，

好汉子当大无畏，

运着铁腕去消灭旧世界，

创造新世界哟，创造新世界哟！

钟亦成的耳边似乎响起了他最喜爱的这首歌的雄强有力的合唱。"跟紧！""站齐！""向左转！"钟亦成神态凛然地指挥着队伍，向他们负责保卫的金波河石桥进发。在接近这座古老的、成为联结河东河西两岸的交通要冲的石桥的时候，从十字路口的南侧，又出现了一支由女中的学生组成的队伍，她们衣着朴素，面黄肌瘦，好像生在贫瘠干旱的山坡的树苗一样长得都不怎么舒展，但一个个也是神采奕奕，动作迅速而且整齐，俨然是一支训练有素的女兵队伍。钟亦成立即认出了带队的女孩子——凌雪。

凌雪是私立静贞女中初三的学生，圆脸，窄额头，短发，长着一双目光非常沉稳和善的眼睛，一个端正、秀美、有光泽和神气的鼻子，一张总是带着笑意却又常常闭得紧紧的嘴。一九四七年，在五个大学的学生自治会联合举办的反内战、反饥饿营火晚会上，一九四八年抗议伪参议会主使屠杀东北流亡学生的游行中，以及后来在苏联对外文化协会举办的电影晚会上，他们见过几次面而且交谈过。今天，在这个历史转折的时刻，在即将属于人民所有的城市的街头邂逅，而且各自带着一支队伍——这说明了他们即将公开的政治身份，两个人脸上都显出了明朗的、会心的笑容，一种比爹娘、比兄弟姐妹还亲的革命感情暖热了他们的心胸。"天亮了!"钟亦成向凌雪扬起手,喊道。

凌雪正要回答钟亦成的招呼,一阵枪声传来,沿着干涸了的旧河道,仓皇逃过来两个国民党败兵,有一个显然是腿部负了伤,绿裹腿被血迹染得殷红,一跛一拐。另一个是个大个子,满脸络腮胡子,手里端着步枪,像个凶神。钟亦成连思索都没思索,大喝一声"站住!",就从两米高的桥端向着这个大个子扑了过去。他和大个子一起摔倒在地上,他闻到了大个子身上的哈喇和霉锈的气味,他举起了"童子军"军棍,又喝了一声:"缴枪,举起手来!"这时,男学生和女学生也都冲了过来,形成了一个包围圈。

两个国民党败兵慌忙举起了手,那个跛子还跪到了地上。败兵们根本没有分析他们的对手的实力,他们没有想到抵抗也无法抵抗,正像年轻的孩子们没有想到危险也并不存在危险。革命正在胜利,他们也正在胜利,就连从两米高蹿下来的钟亦成,不但没有摔坏,甚至也没有磕碰着一块皮肤。"押到那边去!"他下令说,像战场上的指挥员。"祝贺你! 一来就成功了。"凌雪笑着走过来,像大人那样与钟亦成握了一下手,然后集合起自己的队伍,转身前进了。

"你们负责哪里?"望着女学生们的背影,钟亦成发问。

"鼓楼。"凌雪回过头来,答道,她又高高举起右手,向钟亦成挥了一挥,她喊道:

"致以布礼!"

什么？ 布礼？ 这就是说，布尔什维克的敬礼，康姆尼斯特——共产党人的敬礼！ 钟亦成听说过，在解放区，在党的组织和机关之间来往公文的时候，有时候人们用这两个字相互致意，但是在现实生活中，这还是头一次从一个活着的人，一个和他一样年轻的好同志口里听到它。 这真是烈火狂飙一样的名词，神圣而又令人满怀喜悦的问候。 布礼！ 布礼！ 黄钟大吕般的声音在耳边响起……

一九六六年六月

他苏醒过来了。

他看见了戴红袖章的青年们。 绿军装，宽皮带，羊角一样的小辫子，半挽起来的衣袖……他们有多大年纪？ 和我在一九四九年一样，同样是十六岁吧？ 十七岁，这真是一个革命的年岁！ 一个戴袖标的年岁！ 除了懦夫、白痴和不可救药的寄生虫，哪一个十七岁的青年不想用炸弹和雷管去炸掉旧生活的基础，不想用鲜红的旗帜、火热的诗篇和袖标去建立一个光明的、正义的、摆脱了一切历史的污垢和人类的弱点的新世界呢？ 哪一个不想移山倒海，扭转乾坤，在一个早上消灭所有的自私、虚伪和不义呢？ 十七岁，多么激烈、多么纯真、多么可爱的年龄！ 在人类历史的永恒的前进运动中，十七岁的青年人是一支多么重要的大军呀！ 如果没有十七岁的青年人，就不会有进化，不会有发展，更不会有革命。

"亲爱的革命小将们！"他喃喃地说。

"放屁！ 你竟敢拉拢我们，快闭住你的狗嘴！"

又是一阵疼痛和晕眩。 为什么这样灼热呢，难道他们点起了一把火，把他投到火焰里？ 难道在他身上浇了汽油，要点燃他的身体？ 他们那样热情，那样富有献身精神，那样相信革命的号令，他们本来可以做多少事情！

"致以布礼！"再一次失去知觉的时候，钟亦成突然这样喊了一句，带血的嘴角上现出了发自内心的笑意。

"什么？ 他说什么？ 置之不理？ 他不理谁？ 他这条癞皮狗敢不理谁？"

"不，不，我听他说的是之宜倍勒喜，这大概是日语，是不是接头的暗号？ 他是不是日本特务？"

"报告，他醒不过来了。 他是不是——死了？"

"不要慌。 一个敌人。 一条癞皮狗。 革命无罪，造反有理！"

一九七〇年三月

在"清队"学习班。 宣传队一位刚刚长出了一圈黑胡子的副队长，斜叼着烟，乜着眼，用含混不清的（他认为大舌头、结巴、沙哑和说话不合语法乃是老资格和有身份的表现）语言，对钟亦成说道：

"你的历史，彻头彻尾的伪造，不老实，你的问题很严重。 本来，像你这样的，交给公安局专政，条件满够，比你

轻的都有枪毙的。 一群什么样的牛鬼蛇神，乌龟王八蛋，你
们自己清楚。 什么十五岁入党，十七岁候补党员当支部书
记，骗谁？ 你填表了么？ 谁批准的？ 在哪里宣的誓？ 为
什么只有一个介绍人……"

"那是在地下，特殊情况……"

"什么特殊情况！ 我看那是假共产党！"

"您不能这么说，您怎么能这么说！"

"你老实点！"

"我……"

"我们打败了日本侵略者，我们消灭了蒋介石的八百万
中央军，你一个小小的钟亦成，还敢不老实吗？"

"……"

<h1 style="text-align:center">三</h1>

一九四九年一月

这是一个濒于死亡的城市。 古老的历史，悠久的文明，
昔日的荣华，留下的只有灰色的虚影。 矗立在你眼前的却是
大街小巷直到闹市路口成山的垃圾。 穷人的孩子整天蠕动在
垃圾山上，用特制的粗铁丝耙子扒拉着，刨着，寻找还有什
么宝贝能被自己捡起——一点没有烧透的煤核，一团菜叶，
一把蚕豆皮或者是一堆招惹了无数绿头苍蝇的鱼头，报纸上
多次报道过吃了腐坏的鱼头的贫民家庭全家中毒，"大小十

三口一时毙命"之类的消息，但是穷孩子们还是视之如珍宝。"行好的老爷太太，有剩的给一口吃吧！"到处都是这样的凄婉的行乞哀号，组成了这个城市的主旋律。 与之相呼应的，则是警笛、吵架、斗殴、哑声叫卖耗子药和千奇百怪的像叫春的猫和阉了尾巴的狗的合唱一样的流行歌曲。 三岁的小孩在那里唱"这样的女人简直是原子弹"，二十岁的大小伙子唱"我的心里两大块"……冬天，赤身露体的叫花子为了激起一些人的怜悯，故意用大砖头照着自己凹陷的胸肋拼命砸下去，还有的干脆用一把利刃割破颜面上的血管，把鲜血涂得满脸都是。 就在他们的身边，从著名的饭馆珍馐楼明光闪闪的玻璃门里，走出来脑满肠肥的官员、富商和挽着他们的胳臂的身穿翻毛皮大衣、涂着血红的嘴唇的女人……

但就在这个腐烂的、散发着恶臭的躯体里，生长着新的健康的细胞，新的活力。 它就是党，党的地下组织，许多地下党员，以及党的外围组织——民主青年联盟的盟员们。 这些在敌人的心脏里，在军、警、宪联合组成的有权就地处决"匪谍"的执法队的刺刀尖下，在牛毛般的特务的追踪之下，在监狱、大棒、老虎凳的近旁进行革命活动，配合解放军作战的革命家当中，有许多年轻人，有许多像钟亦成这样的年龄甚至比他更小的严肃的孩子。 他们是孩子，他们不带任何偏见地去接受生活这个伟大的教师的塑造。 他们来到世间以后上的第一课是饥饿、贫困、压迫、侮辱和恐怖，他们学到手的自然就是仇恨和抗争。 我们党的城市工作——地下

工作干部在这些孩子充满仇恨和抗争的愿望的心灵上点燃了
革命真理的火炬。 一开始用邹韬奋和艾思奇的著作，用新知
书店、生活书店和读书出版社的社会科学小册子，用香港和
上海出版的某些进步书籍来启发他们的思想，使他们看到了
光明，听到了另一种强有力的、符合人民的心愿的，召唤着
他们去斗争、去争取自己的自由和幸福的声音。 然后，他们
进一步得到了在《老残游记》《金粉世家》书皮下面的新华社
电讯稿、陕北广播记录稿、土地法大纲直到《论联合政府》
和《新民主主义论》。 于是他们变得严肃了，长大了，他们
自觉地要求为埋葬旧王朝和创造新世界而献出自己的力量。
他们严肃地考虑了参加革命活动所冒的危险，他们有牺牲的
决心和牺牲的准备，他们在还不到十八岁的时候就入了党
（钟亦成入党的时候只有十五岁）。 而由于秘密工作的特
点，在一个单位要组成几个互相毫无所知的秘密支部，这样
的平行支部多了，才不容易被破坏。 这样，在党的组织获得
较快发展的时候，甚至候补党员也充当了支部书记。 他们还
孩子气，他们对革命、对党的了解还不免肤浅和幼稚，然
而，他们又是毫不含糊的、英勇无畏的、认真负责的共产党
员。

　　解放 P 城的战斗结束后第三天，钟亦成接到通知去 S 大
学礼堂参加全市的党员大会。 严寒的天气，钟亦成身上穿的
棉袄是四年前他十三岁时母亲给他缝的，已经太小了，冻青
了的手腕露在外面，胳肢窝紧巴巴的，举动不便；他的下

身，御寒的只有一条早已掉光了绒毛，"赶"成了一个个小疙瘩的绒裤。除了上衣口袋里有一支破钢笔和一个小本子以外，他的样子并不比沿街行乞或者在垃圾堆上拾煤核的孩子们强多少。但是，他的浓而短的眉毛像双翅一样振起欲飞，他的脸上呈现着由衷的喜悦和骄傲，他的动作匆忙而又自信：我们胜利了，我们已经是这个城市和全中国的全权的主人。他走在顺城街上，看到沿街颓败的断垣和旧屋，他想：我们要把这一切翻个儿。他还看到一辆又一辆的军车在抢运垃圾。战斗一停止，军车就二十四小时昼夜不停地投入这场清除垃圾的战斗，眼看就要把秽物全部、彻底、干净地消灭，而 P 城的垃圾问题，曾经被国民党的伪参议会讨论过三次，做过三次决定，收过无数次"特别卫生捐"，拨过许多次"特别卫生费"，最后还由伪中央政府的监察院前来调查了多少次，其结果却是官员们吞没费用而垃圾在吞没城市。现在呢，刚解放三天，垃圾已处于尾声，丧失了它的全部威力。这是我们把它消灭的，钟亦成想。他又看见了几个瘦骨伶仃的孩子在寒风中瑟缩地发抖。别忙，我们会使你们成为文明的、富裕的、健康的有用人才。他走近 S 大学，他看到了胸前佩戴着"中国人民解放军"、臂上佩戴着"P 城卫戍司令部"标志的战士，他迫不及待地远远地就掏出来上级给他发的红色入门证，向警卫战士挥动："我是党员。"入门证是会说话的，它在向战士致敬："致以布礼！"战士怀着敬意向年轻的秘密党员微笑了。"我们会师了。"这笑容说道。

"我们再不怕逮捕和屠杀了，因为有了你们！"钟亦成也报之以感激的笑容。 这次党员大会要谈什么呢？ 走近礼堂的时候钟亦成想，会不会会后组织一部分人去台湾呢？ 要知道，我们是饶有经验的地下工作者了，以我的年龄，更便于隐蔽和秘密活动。 那就又会看到国民党军、警、宪的刺刀，又要和 CC（国民党内部一个政治派系），和中统打交道……那更光荣，我一定第一个报名。

他走进了礼堂，倏地一下，他惊呆了。

原来有这么多的共产党员，黑压压的一片，上千！ P 城有二百万人口，上千名党员，这在日后，在共产党处于公开的执政党的地位以后，也许是太稀少了，然而，在解放以前，在敌人的鼻子底下，在无边的黑暗里，每一个党员，就是一团火，一盏灯，一台播种机，一柄利剑，培养和发展一名党员，其意义绝不亚于拿下敌人的一个据点和建立我们自己的一个阵地。 在严酷斗争的年月，每个党员都是多么宝贵，多么有分量！ 习惯于单线联系的钟亦成，除了和上级一位同志和本支部的四名党员（这四名党员在四天以前彼此从不知晓）个别见面以外，再没有见过更多的党员。 如今，一下子看到了这么庞大的队伍，堂堂正正地坐在大礼堂里，怎么能让人不欢呼、不惊奇呢？ 他好像一个在一条小沟里划惯了橡皮筏子的孩子，突然乘着远航大轮船行驶到了海阔天空、风急浪高的大洋里。

何况，何况悲壮的歌声正在耳边激荡：

起来，饥寒交迫的奴隶，

起来，全世界的罪人……

　　一个穿军服的同志（当然，他也是党员！）大幅度地挥
动着手臂，打着拍子教大家唱《国际歌》。 过去，钟亦成只
是在苏联小说里，在对于布尔什维克们就义的场面的描写中
看到过这首歌。

快把那炉火烧得通红，

你要打铁就得趁热……

　　这词句，这旋律，这千百个本身就是饥寒交迫的奴
隶——一钱不值的"罪"人——趁热打铁的英雄的共产党员
的合唱，才两句就使钟亦成热血沸腾了。 他还从来没有听到
过这样悲壮、这样激昂、这样情绪饱满的歌声，听到这歌
声，人们就要去游行，去撒传单，去砸烂牢狱和铁锁链，去
拿起刀枪举行武装起义，去向着旧世界最后的顽固的堡垒冲
击……钟亦成攥紧了拳头，满眼都是灼热的泪水。 泪眼模糊
之中，台上悬挂的两面鲜红的镰刀锤子党旗，党旗中间党的
领袖毛泽东同志的巨幅画像，却更加巨大，更加耀眼了。
　　礼堂其实也是破破烂烂的。 屋顶没有天花板，柁、梁、
檩架都裸露在外面，许多窗子歪歪扭扭，玻璃损坏了的地方

便钉上木板甚至砌上砖头，主席台下面生着两个用旧德士古油桶改制的大炉子，由于煤质低劣和烟筒漏气，弄得礼堂里烟气刺鼻，然而所有这一切，在鲜红、巨大、至高无上的党旗下，在崇高、光荣、慈祥的毛主席像前，在雄浑、豪迈、激越的《国际歌》声当中，已经取得新的意义、新的魅力了，党的光辉使这间破破烂烂的礼堂变得十分雄伟壮丽。

解放 P 城的野战部队的司令员、政委们，在地下市委的基础上刚刚充实起来的新市委的第一书记和第二书记们，原地下的学委、工委、农委的负责人们，早在战斗打响以前便组建起来的中国人民解放军 P 城军事管制委员会的主任、副主任们……坐满了主席台。他们穿着草绿色的旧军装或者灰色的干部服，服装都是成批生产的，穿着并不合身，而且由于从来顾不上浆洗熨烫，都显得皱皱巴巴。他们一个个风尘仆仆，由于熬夜，眼睛上布满了血丝，他们当中最大的不过五十岁，大部分是三四十岁，还有一些是二十岁刚过的领导人（这在钟亦成看来已经是德高望重的长者了），大都是身材精壮、动作利索、精力充沛；没有胖子，没有老迈，没有僵硬和迟钝。从外表看，除了比常人更精神一些以外并无任何特殊，但他们的名字却是钟亦成所熟悉的。其中几个将领的名字更是不止一次出现在国民党的报纸上，那些造谣的报纸无聊透顶地刊登过这些将领被"击毙"的一厢情愿的消息。现在，这些在国民党的报纸上被"击毙"过的将领，以胜利者、解放者、领导者的身份，在战斗的硝烟刚刚散去的

P城的讲台上，向着第二条战线上的狙击兵们，开始发表演说了。

一个又一个的领导同志作报告。湖南口音，四川口音，山西口音和东北口音。他们讲战争的局势，今后的展望，国民党对于P城的破坏，我们面临的困难和克服困难的办法……每个领导人的讲话都那么清楚、明白、坦率、头头是道、信心十足，既有澎湃的热情、鼓动的威力，又有科学的分析、精明的计算；像火线宣传一样激昂，又像会计师报账一样按部就班，巨细无遗；却没有在刚刚逝去的昨天常常听到的那些等因奉此的老套，陈腐不堪的滥调，哗众取宠的空谈，模棱两可的鬼话和空虚软弱的呻吟。这不再是某个秘密接头地点的低语，不是暗号和隐喻，不是偷偷传递的文件和指示，而是大声宣布着的党的意志，详尽而又明晰的党的部署，党的声音。钟亦成像海绵吸水一样汲取着党的智慧和力量，为这全新的内容、全新的信念、全新的语言和全新的讲述方式而五体投地、欢欣鼓舞，每听一句话，他好像就学到了一点新东西，就更长大了、长高了、成熟了一分。

不知不觉，天黑了，谁知道已经过了多少个小时？电灯亮了。多么难能可贵，由于地下党领导的工人护厂队的保护，发电厂的设备完好无损，而且在战斗结束四十几个小时以后，恢复了已经中断近一个月的照明供电。多么亮的灯，多么亮的城市！但是，随着灯亮，钟亦成猛然意识到：饿了。

　　可不是吗，中午，为了赶来开会，他饭也没有来得及
吃，只是在小铺子里买了两把花生米，现在，已经这样晚
了，怎么能不饥肠辘辘呢？

　　好像是为了回答他，主持会议的军管会副主任打断了正
在讲话的市委领导，宣布说，市委第一书记最后还要作一个
较长的总结报告，估计会议还要进行三个小时左右，为了解
决肚子里的矛盾，刚才派出了几辆军用吉普去购买食品，现
已买回来了，暂时休会，分发和受用晚餐。

　　于是满场传起了烧饼夹酱肉、大饼卷果子、螺丝转就麻
花，还有窝眼里填满了红红的辣咸菜的小米面窝头和煎饼卷
鸡蛋。簸箩、提篮、托盘、口袋，五花八门的器具运送着五
花八门的来自私商小店的食品，看样子买光了好几条街的小
吃店。钟亦成的座位靠近通道，这些食品他看得清楚，馋涎
欲滴，烧饼油条之类对于生活穷困的他来说也是轻易吃不着
的珍品啊。但他顾不上自己吃，而是兴高采烈地帮助解放军
同志（大会工作人员）传递大饼麻花，远一点的地方他就准
备合度地抛掷过去，各种简朴而又适口的食物在刚刚从"地
下"挺身到解放了的城市的共产党员们的头上飞来飞去，笑
声、喊声——"给我一套！""瞧着！""还有我呢！"响成一
片，十分开心。革命队伍、党的队伍在P城的第一次会餐，
就是这样大规模、生气勃勃地进行的，它将比任何大厅里的
盛宴都更长久地刻印在共产党员们的记忆里。像战士一样匆
忙、粗犷，像儿童一样赤诚、纯真，像一家人一样和睦、相

亲相爱……共产主义是一定要实现的，共产主义是一定能实现的。

可是，钟亦成是太兴奋了，食物一到手他立即传送给别人，似乎快乐就产生在这一收一递里，结果，他却没有留给自己。接连三个柳条编的大簸箩都见了底，第四批食品却不见来，原来，食品已经分发完毕了。由于饿，也许更多的是由于高兴，人们狼吞虎咽，风卷残云一样速战速决，全歼了食物。人们开始掏出手绢擦嘴擦手了，可钟亦成还在饿着。芝麻、面食和肉食的余香还在空气中摇曳，胃似乎已经升到了喉咙处，准备冲出他的身体，向着远处一个细嚼慢咽的同志手里的半块烧饼扑去。

就在钟亦成被饥饿搅得头昏眼花、狼狈不堪，但又觉得十分可喜、可乐的时候，从他的座位后面伸过来一只手，人还没看清，却已经看到了那只手里托着的夹着金黄色油条的烧饼。

"拿去。"

"你?"

她就是凌雪。她笑着说："我坐在你后面不远，可你呢，两眼光注意看前边了。后来看你高兴的那个样儿，我寻思，可别忘了自己该吃的那一份……"

"那你呢?"

"我……吃过了。"

显然不是真话，推让了一番以后，两个人分着吃了。钟亦成觉得有些羞愧，可又很感激，很幸福。他每嚼一下烧饼，都显得那么快活，甚至有点滑稽，凌雪笑了。

麦克风发出尖厉的啸声，人们安静下来，凌雪也回到自己的位子。钟亦成继续聚精会神地听报告，他没有回过头，但是他感到了身后有一双革命同志的友爱的眼睛。

……不知过了多少时间，反正已经是深夜了，散会，外面正下着鹅毛大雪。出大门的时候，有一位部队首长看到了钟亦成不合身的小棉袄，露在袖口外面的细瘦的手腕，"小同志，你不冷吗？"首长用洪亮的声音说，同时，脱下自己身上的、带着自己的体温的长毛绒领的崭新的棉军大衣，给钟亦成披到了身上。快乐的人流正推拥着钟亦成向外走，他甚至没有来得及道谢一声。

一九五七年——一九七九年

在这二十余年间，钟亦成常常想起这次党员大会，想起第一次看到的党旗和巨幅毛主席像，第一次听到的《国际歌》，想起这顿晚餐，想起送给他棉大衣的，当时还不认识、后来担任了他们的区委书记的老魏，想起那些互致布礼的共产党员。有些记忆随着时间的流逝而逐渐褪色，然而，这记忆却像一个明亮的光斑一样，愈来愈集中，鲜明，光亮。这二十多年间，不论他看到和经历到多少令人痛心、令人惶惑的事情，不论有多少偶像失去了头上的光环，不论有多少确实是十分宝贵的东西被嘲弄和被践踏，不论有多少天真而美丽的幻梦像肥皂泡一样破灭，也不论他个人怎样被怀疑、被委屈、被侮辱，他一想起这次党员大会，一想起从一九四七年到一九五七年这十年的党内生活的经验，他就感到无比的充实和骄傲，感到自己有不可动摇的信念。 共产主义是一定要实现的，世界大同是完全可能的，全新的、充满了光明和正义（当然照旧会有许多矛盾和麻烦）的生活是能够建立起来和曾经建立起来过的。 革命、流血、热情、曲折、痛苦，一切代价都不会白费。 他从十三岁接近地下党组织，十五岁入党，十七岁担任支部书记，十八岁离开学校做党的工作，他选择的道路是正确的道路，他为之而斗争的信念是崇高的信念，为了这信念，为了他参加的第一次全市党员大会，他宁愿付出一生受委屈、一生坎坷、一生被误解的代价，即使他戴着各种丑恶的帽子死去，即使他被十六岁的可爱的革命小将用皮带和链条抽死，即使他死在自己的同志以党的名义射出来的子弹下，他的内心里仍然充满了光明，他不懊悔，不伤感，也毫无个人的怨恨，更不会看破红尘。 他将仍然为了自己哪怕是一度成为这个伟大的、任重道远的党的一员而自豪、而光荣。 党内的阴暗面，各种人的弱点，他看得再多，也无法遮掩他对党、对生活、对人类的信心。 哪怕只是回忆一下这次党员大会，也已经补偿了一切。 他不是悲剧中的角色，他是强者，他幸福！

四

一九五〇年二月

钟亦成听老魏讲党课。头一天，钟亦成年满十八岁了，支部通过了他转为正式党员。

老魏在党课中讲道：

"一个共产党员，要做到真正的布尔什维克化，要获得完全的、纯洁的党性，就必须忘我地投身到革命斗争中去，还必须在党的组织的帮助下面，运用批评和自我批评的武器，改造思想，克服自己身上的个人主义、个人英雄主义、自由主义、主观主义、虚荣心、嫉妒心等小资产阶级以及剥削阶级的思想意识。

"……以个人主义为例。无产阶级是没有个人主义的，因为他自身一无所有，失去的是锁链而得到的是全世界，为了解放自己必须首先解放全人类，他的个人利益完全融合在阶级的利益、全人类的利益之中，他大公无私，最有远见……而个人主义，是小私有者、剥削者的世界观，它的产生来自私有财产和阶级的分化……个人主义和无产阶级的政党的性质是完全不相容的……一个个人主义严重而又不肯改造的人，最终要走到蒋介石、杜鲁门或者托洛茨基、布哈林那里去……"

"太好了！太好了！"钟亦成几乎喊出声来。个人主义是多么肮脏，多么可耻，个人主义就像烂疮、像鼻涕，个人主义者就像蟑螂、像蝇蛆……

区委书记老魏继续讲道：

"共产党员是无产阶级的先锋战士，是摆脱了一切卑污的个人打算和低级趣味的人。他有最大的勇敢，因为他把为了党的事业而献身看作人生最大的幸福。他有最大的智慧，因为他心如明镜，没有任何私利物欲的尘埃。他有最大的前途，因为他的聪明才智将在千百万人民的斗争事业中得到锻炼和成长。他有最大的理想——在全世界实现共产主义。他有最大的气度，为了党的利益他甘愿忍辱负重。他有最大的尊严，横眉冷对千夫指。他有最大的谦虚，俯首甘为孺子牛。他有最大的快乐，党的事业的每一点每一滴的进展都是他的欢乐的源泉。他有最大的毅力，为了党的事业他不怕上刀山、下火海……"

党课结束以后，钟亦成和凌雪一起走出了礼堂。钟亦成迫不及待地告诉凌雪：

"支部已经通过了，我转成正式党员。在这个时候听老魏讲课，是多么有意义啊。给我提提意见吧，我应该怎样努力？我已经订好了克服我的——个人英雄主义的计划，我要用十年的时间完全克服我的非无产阶级意识，做到布尔什维克化，做一个像老魏讲的那样的真正的无产阶级先锋战士。帮助我吧，凌雪，给我提提意见吧！"

"你说什么，小钟？"凌雪眨了眨眼，好像没怎么听懂他的话，"我想，做一个真正的合格的共产党员，这是需要我们努一辈子力的，十年……行吗？"

"当然要努力学习，努力改造终身，但总要有一个哪怕是初步实现布尔什维克化的目标，十年不行，就十五年、十六年……"

一九五七年十一月

七年以后，钟亦成被定为反党反社会主义的资产阶级右派分子。

经过了三个多月的大量的工作，经过了一个漫长的、其结果却早已注定了的政治的、思想的、心理的过程，其中包括宋明同志耐心的、有时候是苦口婆心的推理与分析；钟亦成的一次比一次详尽、一次比一次上纲上得高、一次比一次更难于自拔的检讨；群众最初并无恶意、但在号召之下所作的揭发批判，当然其中也有人为了表现自己的革命性而加大了嗓门和挑选了最刺人的词句；到后来，由于宋明的深文周纳的分析和钟亦成连自己听了也会吓一跳的检讨，更由于周围政治气温的极度升高，这种揭发批判变成了无情的毁灭性的打击、斗争，最后，作出了上述结论。

定右派的过程，极其像一次外科手术。钟亦成和党，本来是血管连着血管，神经连着神经，骨连着骨，肉连着肉的；钟亦成和革命同志，和青年，和人民群众，本来也是这样血肉相连的。钟亦成本来就是党身上的一块肉。现在，这块肉经过像文艺评论的新星和宋明同志这样的外科医生用随着气候而胀胀缩缩的仪表所进行的检验，被鉴定为发生了癌化恶变。于是，人们拿起外科手术刀，细心地、精致地、认真地把它割除、抛掉。而一经割除和抛掉，不论原来的诊断是否准确，人们看到这块被抛到垃圾桶里的带血的肉的时候，用不着别人，就是钟亦成本人也不能不感到厌恶、恶心，再不愿意用正眼多看它一眼。

对于钟亦成本人，这则是一次"胸外科"手术，因为，党、革命、共产主义，这便是他的鲜红的心。现在，人们正在用党的名义来剜掉他的这颗心。而出于对党的热爱、拥护、信任、尊敬和服从，他也要亲手拿起手术刀来一道挖，至少，他要自己指画着："从这儿下刀，从这儿……"

当这个手术完成以后，当钟亦成从镜子里看到一个失去了心的人苍白的面孔的时候，他……

天昏昏，地黄黄！我是"分子"！我是敌人！我是叛徒！我是罪犯！我是丑类！我是豺狼！我是恶鬼！我是黄世仁的兄弟、穆仁智的老表，我是杜鲁门、杜勒斯、蒋介石和陈立夫的别动队。不，我实际上起着美蒋特务所起不了的恶劣作用。我就是中国的小纳吉。我应该枪毙，应该乱棍打死，死了也是不齿于人类的狗屎，成了一口黏痰，一撮结核菌……

坐上无轨电车，我不敢正眼看售票员和每一个乘客，因为我理应受到售票员和每一个乘客的憎恶和鄙夷。走进邮局，当拿起一张印有天安门图案的邮票往信封上贴的时候，我眼前发黑而手发抖，因为，我是一个企图推翻社会主义、推翻中华人民共和国、推倒五星红旗和光芒四射的天安门的"敌人"！　走过早点铺，我不敢去买一碗豆浆，我怎么敢、怎么配去喝由广大热爱党热爱社会主义的农民种植出黄豆，由广大热爱党热爱社会主义的工人用这黄豆磨成，而又由热爱党热爱社会主义的店员把它煮熟、加糖、盛到碗里、售出的白白的香甜的豆浆呢？　我看到报纸上刊出了我国人民银行发行硬币的消息，看到了人们怎样快乐而又好奇地急于去搜罗、保存、欣赏和传看一分、两分和五分的镍币，人们欢呼国民经济的繁荣，社会主义的优越，物价的稳定，货币值的有保障和硬币的美观、喜人、耐用。　我也得到了一枚五分钱的硬币，我也喜欢，观赏着硬币上的国徽、五星红旗、天安门、麦穗、年号，爱不释手……但是，突然，在反光的硬币上，我似乎看到了自己癞皮狗的形象……我有什么资格、有什么权利为了社会主义中国的经济成就而欢欣鼓舞呢？　我不是共和国的敌人、社会主义的蛀虫吗？　我和祖国的矛盾，不是不可调和的、对抗性的、你死我活的敌我矛盾吗？　不是说不把我揪出来，斗倒斗臭，就会使中华人民共和国灭亡吗？我不是只能和汉奸、特务、卖国贼为伍吗？　汉奸、特务和卖国贼难道也欢呼中华人民共和国发行硬币吗？

　　毛主席啊，这究竟是怎么回事？　究竟是怎么了？　这都是真的吗？　真的？

钟亦成整夜整夜地不睡，他吃得很少，喝得也很少，但他不断地小便，不断地出汗。每二十分钟，他小便一次。五天以后，他的体重由一百二十四斤降到八十九斤，他脱了形，变了样。宋明同志见他这个样子，鼓励他说："脱胎换骨，脱胎换骨，你现在不过刚刚开始！"

一九六七年三月

群众组织举行对老魏的批斗大会，老魏撅在中间，右边是钟亦成，左边是宋明陪斗，钟亦成被按倒，"跪"在台上，以示与老魏和宋明有别，体现了区别对待的"政策"。

革命造反派说："魏××，借讲党课为名，大肆放毒，为刘少奇的黑修养摇旗呐喊，宣传驯服工具论、公私溶化论、吃小亏占大便宜论……他，走资派，一贯包庇和重用假党员、真右派钟亦成，一贯包庇和重用反革命修正主义理论家宋明……"

"坚决打倒魏××！打倒宋明！钟亦成永世不得翻身！"

"砸烂魏××的狗头！宋明不老实就严厉镇压！"

"只准左派造反，不准右派翻天！钟亦成想翻案就让他尝一尝无产阶级专政的铁拳头！"

钟亦成痛苦、不安，因为他知道，抄家的时候抄走了他一九五一年听老魏讲党课时详细记录的笔记。为了抢这本笔记，革命造反派与无产阶级革命派打得头破血流，重伤一个，轻伤七名。 最后，召开了这次批斗会，作为"反面教材"的就是这本他始终珍爱的笔记。 由于痛苦和不安，他不由得扭动了身躯，这使抓着他的头发的手，更加狠狠地把他的头抓紧，下按，再提起，再下按。

这天晚上，宋明同志自杀了。 他长期患有神经衰弱症，手头有许多安眠药片。 这件事，给钟亦成留下了十分痛苦的印象。 他坚信宋明不是坏人。 宋明每天读马列的书、毛主席的书、中央文件和党报党刊直到深夜，他热衷于用推理、演绎的方法分析每个人的思想，把每粒芝麻分析成西瓜，却自以为在"帮助"别人。 一九五七年，他津津乐道地、言之成理地、一套一套地、高妙惊人地分析钟亦成所说的每一句话或者试写过的每一句诗，证明了钟亦成是彻头彻尾的资产阶级右派。"不管你自觉不自觉，不管你主观上意识到还是没有意识到，你的阶级本能的流露，你的言行举措的实质，其客观的不依人们的主观意志为转移的性质，是反党反社会主义。"他说。 他举例："譬如你很喜欢问别人：'今天会不会下雨？'你的一首诗里有一句：'不知明天天气是晴还是阴？'这是什么意思呢？ 这是典型的没落阶级的不安心理……"宋明的分析使钟亦成瞠目结舌、毛骨悚然而又五体投地。 然而，就在进行这种分析的同时，宋明从生活上仍然关心和帮助着钟亦成，下雨的时候借给钟亦成雨衣，在食堂吃饺子的时候给钟亦成倒醋，"处理"完了以后真诚地、紧紧地握住钟亦成的手："你是有前途的，但要换一个灵魂。 祝你在改造自己的道路上前进到底，把屁股彻底地移过来。"
"彻底地忘掉小我，投身到革命的洪炉里去吧！"他说了许多
热情而真挚的，而且，以钟亦成当时的处境，他觉得是很友
好的话。 但宋明自己却原来是那样软弱，他选择了一条根本
用不着那样的道路，"文化大革命"的风暴只是轻而又微地触
动了一下他，他就受不了了——愿他安息。

一九七九年

　　一个灰影子钻到了钟亦成的卧室。 灰影子穿着特利灵短
袖衬衫、快巴的确良喇叭裤，头发留得很长，斜叼着过滤嘴
香烟，怀抱着夏威夷电吉他。 他是一个青年，口袋里还装有
袖珍录音机，磁带上录制了许多"珍贵的"香港歌曲。 不，
他不年轻，快五十岁了，眼泡浮肿，嘴有点歪，牙齿、舌头
和手指被劣质烟草熏得褐黄，嘴里满是酒气，脸上却总是和
善的笑容。 也许他只有四十多吧，大眼睛，双眼皮，浑身上
下一尘不染，笔挺笔挺，讲究吃穿，讲究交际，脸上一副目
空一切的神气，眼神里却是一无所长的空虚。 或者，她只是
一个早衰的女性，过早地白了头发，絮絮叨叨，唉声叹气。
或者，他又是另一副样子。 总之，他们是一个灰影，在七十
年代末期，这个灰影常常光临我们的房舍。

　　灰影扭动舌头，撇着嘴说："全他妈的胡扯淡，不论是共
产党员的修养还是革命造反精神，不论是三年超英、十年超
美还是五十年也赶不上超不了，不论是致以布礼还是致以红

卫兵的敬礼，也不论是衷心热爱还是万岁万岁，也不论是真正的共产党员还是党内资产阶级，不论整人还是挨整，不论'八一八'还是'四五'，全是胡扯，全是瞎掰，全是一场空……"

"那么，究竟还有什么真实的东西呢？ 究竟是什么东西牵动你，使你不愿意死而愿意活下去呢？"钟亦成问。

"爱情，青春，自由，除了属于我自己的，我什么都不相信。"

"为了友谊，干杯！ 其实，我早就看透了，早就解脱了。 五七年也让我去参加鸣放会，给他个一言不发！ 二十多年了，我不读书，不看报，照样领工资……"

"生为中国人就算倒了霉。 反正中国的事儿一辈子也好不了，干脆来个大开放。"

"我的女儿在搞第三十四个对象了，但是，不行，不顺我的心，不能……"灰影子说。

"好吧，我们先不讨论你们的要求是否合理。"钟亦成说，"我只是想知道，为了国家，为了人民，或者哪怕仅仅是为了你个人，为了你的爱情和自由，为了你的友人和酒杯，为了你能活着混下去，能够大言不惭地讲什么开放，也为了你的女儿……不，应该说是你自己找到理想的女婿，你们做了些什么？ 你们准备做什么？ 你们有能力做什么？"

"……傻蛋！ 可怜！ 到现在还自己束缚着自己，难道你的不幸就不能使你清醒一点点？"灰影子生气了，转守为攻。

"是的，我们傻过。很可能我们的爱戴当中包含着痴呆，我们的忠诚里边也还有盲目，我们的信任过于天真，我们的追求不切实际，我们的热情里带有虚妄，我们的崇敬里埋下了被愚弄的种子，我们的事业比我们所曾经知道的要艰难、麻烦得多。然而，毕竟我们还有爱戴、有忠诚、有信任、有追求、有热情、有崇敬也有事业，过去有过，今后，去掉了孩子气，也仍然会留下更坚实更成熟的内核。而当我们的爱、我们的信任和忠诚被蹂躏了的时候，我们还有愤怒，有痛苦，更有永远也扼杀不了的希望。我们的生活、我们的心灵曾经是光明的而且今后会更加光明。但是你呢？灰色的朋友，你有什么呢？你做过什么呢？你能做什么呢？除了零，你又能算是什么呢？"

五

一九五八年三月

"但是，我相信党！我们伟大的、光荣的、正确的党！党，擦干了多少人的眼泪，开辟了怎样的前程！没有党，我不过是一个在死亡线上挣扎的可怜虫。是党把我造就成了顶天立地的共产党员，革命干部。我了解我们的党，因为即使说是混入吧，我毕竟在党内生活了十多年，用我的不带偏见的孩子的眼睛，我看了、我观察了十多年。我阅读党刊，我做党的机关工作，我参加党的会议，我接触过许多党的干部，包括领导干部，他们都喜欢我，我也爱他们。 我知道，中国共产党是由民族和阶级的精华，由忧国忧民、慷慨悲歌、大公无私、为了民族和阶级的解放甘愿背十字架的人组成的。 你读过方志敏烈士的《可爱的中国》吗？ 你读过夏明翰烈士的《就义诗》吗？ 我们都读过的，我们知道这都是真的，我们相信的，因为我们相信自己在那种情况下，也会像方志敏、夏明翰那样去做的。 我们知道，党除了阶级的利益、民族的利益、人民的利益再没有别的利益。 正因为这样，党有权利也有义务严格要求它的队伍里的每一个人，党员之间，也有必要、有可能互相提出极为严格的，毫不留情、毫不含糊的要求。 我从小入党，这并不能成为怜悯、宽容或者庇护的理由，而只能成为更加严格要求的根据。 而且，党对我的批判并不是由于哪一个个人的恶意，没有任何个人的动机。 为了共产主义的事业，为了英特纳雄耐尔，为了同国际资产阶级和国内的资产阶级、同国际修正主义和中国的修正主义作殊死的斗争，党铁面无私！ 党伟大坚强！哪怕我只是下意识地说过不利于党的话，写过不利于党的文字，哪怕我只是在梦中有过片刻的动摇，党应该采取果断的措施。 该清除出党的就清除出党！ 该划右派的就划右派！该施行无产阶级专政的就施行无产阶级专政！ 该枪毙的就枪毙！ 就像匈牙利枪毙伊姆雷·纳吉一样。 中国如果需要枪毙一批右派，如果需要枪毙我，我引颈受戮，绝无怨言！ 虽然被划了右派，我仍然要活下去，我仍然要活下去，就因为我有这个坚定不移的信念，坚如磐石，重如泰山！"

这是一九五八年三月八日，下午五点钟，在金波河石桥下面。天下着小雨，一阵阵的风把雨斜吹到钟亦成和凌雪的脸上、衣服上和他们脚下暂时还是干涸的河道上。寒气彻骨生凉，行人很少。自从钟亦成被批判以来，他一直躲避着凌雪，又赶上凌雪到外地出差几个月，他们也好久没见面了。这次，是他主动约了凌雪，他打算和凌雪进行一次最后的谈话。最痛苦的时刻已经过去了，虽然否定和消灭自己是痛苦的，但是，他仍然有力量去经受这种不可思议的困难和痛苦，因为他最根本的信念——对于党的信念并没有丝毫削弱或者动摇，相反，随着他个人的被清洗，他更增加了对党的崇高的敬意和难以言喻的热爱。这样，在这个凄风苦雨的春日黄昏，在这个风景依旧而人事全非的金波河石桥洞下（其实，除了石桥本身，周围的风景也变了——盖起了多少幢新楼），虽然当年英勇保卫石桥的青年——少年共产党员如今已变成了"分子"。虽然他肝肠寸断、心如刀绞，但是，解放这个城市，解放这座桥梁的党仍然存在着，不仅在市委和区委，在工厂和农村存在着，而且仍然崇高而又庄重辉煌地存在于钟亦成的心里，即使手术刀可以剜出他自己的心脏，却挖不出党的形象，党的火焰。所以，他对凌雪所说的话，仍然是大义凛然，惊天动地。他继续说：

"我自己想也没有想到，原来，我是这么坏！从小，我的灵魂里就充满了个人主义、个人英雄主义的毒菌。上学的时候总希望自己的功课考得拔尖，出人头地。我的入党动机是不纯的，我希望自己做一番轰轰烈烈的事业，名留青史！还有绝对平均主义、自由主义、温情主义……所有这些主义到了社会主义革命的严重关头就发展成为与党与社会主义势不两立的对立物，使我成为党内的党的敌人！凌雪，你别忙，你先听我说。譬如说，同志们批判说，你对社会主义制度怀有刻骨的仇恨，最初我想不通，想不通你就努力想吧，你使劲想，总会想通的。后来，我想起来了，前年二月，咱们到新华书店旁边的那个广东饭馆去吃饭，结果他们把我们叫的饭给漏掉了，等了一个小时还没有端来……后来，我发火了，你还记得吗？你当时劝我了呢。我说：'工作这样马虎，简直还不如私营时候！'看，这是什么话哟，这不就是对社会主义不满吗？我交代了这句话，我接受了批判……啊，凌雪，你不要摇头，你千万别不相信，千万别怀疑，更不要对党不满。哪怕是一点一滴的不满，它会像一粒种子一样在你的心里发芽、生根、长大，这样，就会走到反党的罪恶的道路上。我就是坏，我就是敌人，我原来就不纯，而后来就更堕落了。你应该毫不犹豫地抛开我，和我划清界限，仇恨我！我欺骗了你的爱情，玷污了你的布尔什维克的敬礼！在我被清除出党的队伍的同时，让我也被你从你的心中永远清除出去吧！"

　　钟亦成说不下去了。一种又苦、又辣、又像火一样烫人的气体郁结在他的喉头，他的声音呜咽了，泪水哗哗地涌流到他的脸上。 他连忙转过头去。 本来，他可不打算流露任何悲伤。 在被批判的日子里，他也多次想过凌雪，想过自己和凌雪共同走过的每一条街，共同吃过的每一顿饭，共同看过的每一个电影画面，共同唱过的、小声哼哼过的每一首歌。 他们的爱情建筑在互致布礼和互相提意见上。 他写过一首爱情诗，这诗也许会受到后人嘲笑和不理解，但他写得真诚而且深情。 情诗的题目是《给我提点意见吧》。 诗是这样的：

给我提点意见吧，
让我们更加完美和纯净。
给我提点意见吧，
让我们更加严肃和聪明。

我们没有童年，我们
把童年献给了暴风，
我们效法那勇敢的海燕，
展翅，向着电闪雷鸣。

我们没有自己，我们
把自己献给了革命，
我们效法先烈，刘胡兰

和卓娅使我们惭愧而又激动。

为了《国际歌》,镰刀和斧头,
为了一个共产党员的忠诚,
为了我们任重道远的事业,
提点意见吧,请批评!

在沉沉的黑夜里,
意见就是灯;
在茫茫的天空上,
意见就是星;
在干涸的土地上,
意见就是雨;
在待发的帆船旁,
意见就是风。

在我的心里呀,亲爱的同志,
你的意见就是爱情,爱情!

多么真挚的情诗! 让后人去嘲笑、去怀疑、去轻视吧,
让他们认定我们不懂诗,不懂人情,教条主义和"左"吧,
即使在成了"分子"以后,这首诗的温习,带给钟亦成的仍
然是善良而又美好的、充实而又温暖的体验。

　　然而这一切已经不属于他，一切已经完结，基础已经挖掉，釜底已经抽薪，互致布礼已经不可能，同志式互提意见也已无从说起。 他决定，只能毫不犹豫地结束他们的来往，坚决彻底，刻不容缓。 他必须做得十分决绝，非这样不足以使凌雪同意，任何伤感都只能使凌雪恋恋不舍，使凌雪痛苦，藕断丝连，结果使自己的恶名、自己的丑行玷污和亵渎那样纯正无瑕的凌雪，那将是极大的、不容饶恕的罪行。 所以他绝对不能哭。 他深信自己根本不会哭。 因为他的眼泪已经哭完，他的反动思想和反党罪行已经证明他早就毫无心肝。 然而，想象和现实却并不一致。 想象中的决绝完全合乎逻辑，完全没有困难，三言两语就可以办齐。 而今天下午呢，当他看到凌雪那熟悉的面孔，那熟悉的、柔软的、带有一点药皂气味的黑发，那富有光泽和神采的端庄的鼻子，那朴素而优雅的穿着，听到她那口齿清楚的、平静的、好听的声音，感到她的呼吸和温热，当他按照早已在肚子里周而复始地酝酿了不知多少遍的腹稿说完了他要说的话的时候，他哭了，哭得一塌糊涂，本来就是凄风苦雨，现在更是天昏地暗。 布礼，布礼，布礼，好像在遥远的天边还鸣响着这样的欢呼，这样的合唱，还衍射着这样的霞光，这样的彩虹；而他呢，却是下堕着，下堕着，下堕到无底的深渊，下堕到漆黑的虚空。 他张开嘴，泪水和雨水，咸水和苦水一起流到了他的肚里。

　　"不，不，你不要这样说，你不要这样说！" 凌雪慌乱地围着钟亦成转，寻找着钟亦成正在躲避她的目光，不顾一切地抓住他的手，抚摸着他的头发和脸蛋，扳转他的头颈，让他正眼看着自己。"你怎么了，你怎么了？ 你如果犯了错误，那就检讨吧，那就改正吧，那又要什么紧？ 你为什么要说那么多不沾边的话？ 我不懂，事情怎么会是这个样子的呢，我完全糊涂了，我不信，说你是敌人，我不能相信。 我只能相信那确实存在、确实叫人相信的东西，我不相信那些分析出来的东西……你不要夸张，不要感情用事，不要言过其实，不要听见什么就是什么。 对《冬小麦自述》的批判，胡批！ 把你定成右派，这也不对，这也是搞错了，人家怎么说你，这有什么了不起，你自己什么样，你自己不知道？ 你不知道，我知道你。 你不相信，我相信你！ 如果连你都不相信，连自己都不相信，那我们还相信什么呢？ 我们还怎么活下去呢？ 至于别的，我不知道，我不懂。 不仅银河外的事情我们不知道，不仅两万年以前和两万年以后的事情我们不知道，就是我们现在的生活里，我们的党的生活里，也还有一些我们还不知道、还不懂的东西，不知道就是不知道，不懂就是不懂。 然而，不可能老是这样子，这太严重了，这不能不认真想一想，这又太荒唐了，实在叫人没有办法认真想。 钟，原谅我，过去，你就不爱听这话，然而，这是真的，你太年轻，太年轻，我要说，是太小了啊，你太单纯也太热情，太爱幻想也太爱分析。 如果说不符合党的事业的要求，正是这些，而不是别的。 你想得太多也太玄了，哪有那样的事情？黑怎么能说成白，好人怎么能说成坏蛋，让他们说去吧，你还是钟亦成！你是党的，你是我的，我也是你的……让我们，让我们结婚吧！七八年了，我们在一起，让我们永远在一起吧，让我们一起去受苦吧，如果需要受苦。让我们一起去弄懂那些还没有弄懂的东西吧……也许，这只是一场误会，一场暂时的怒气。党是我们的亲母亲，但是亲娘也会打孩子，但孩子从来也不记恨母亲。打完了，气会消的，会搂上孩子哭一场的。也许，这只是一种特殊的教育方式，为了引起你的警惕，引起你的重视，给一个大震动，然后你会更好地改造自己……也许，下个月就要复查的，你的事情会重新考虑的，运动当中过火一点，'不过正就不能矫枉'嘛，矫完了枉呢，事情还会回到正常的轨道……没什么，没什么，让我们……在一起，七八年了，你也太苦自己……"

她的话语，她的声音，她的爱抚，产生着一种奇妙的力量，钟亦成好像安稳多了。世界还是原来那个光明和美好的世界，金波河桥还是那座坚固而又古老的桥，人还是那些纯洁而真挚的人，被恶毒和污秽的语言，被专横和粗暴的态度，被泰山压顶一样的气势压扁了、冻硬了的心灵，在她的从容，她的信赖，她像春天的阳光一样的爱里开始复苏，开始融解。"布礼，布礼，布礼！"这欢呼，这合唱，这霞光和彩虹重又成为对他的被绞杀着的灵魂的呼唤，成为对他的正在飘游下堕的心的支持。这世界上不会有痛苦，因为有凌

雪。 这世界上不会有背叛、冤屈、污辱，因为有凌雪。 他
把头埋在凌雪的胸前，忘记了一切，沉浸在这被威胁、被屈
辱然而仍然是无玷的、饱满的爱情里。

一九五一——一九五八年

我们是光明的一代，我们有光明的爱情。 谁也夺不走我
们心中的光，谁也夺不走我们心中的爱。

当我们幼小的时候，我们在黑暗中挣扎，当我们从孩子
变成青年的时候，我们从黑暗走向光明。 夜太黑了，太暗
了，所以，早晨，我们看到的是一片光辉，是万丈光芒。 我
们欢呼跳跃着奔向光明，拥抱光明，我们不知道还有阴影的
存在。 我们以为阴影已经随着黑夜而消逝，我们以为头顶上
永远是八九点钟的太阳。

于是我们爱了，爱党，爱红旗，爱《国际歌》，爱毛主
席，爱斯大林，也爱金日成、胡志明、乔治乌·德治、皮克
和世界上所有国家共产党和工人党的领袖，爱每一个共产党
员、每一个领导人、每一个支部书记和党小组长。 我们爱每
一个劳动者，爱劳动者所创造出来的一切，我们爱新落成的
百货公司和电影院，新出厂的拖拉机和康拜因机，新安装的
路灯和电线，新修建的街道和楼房。 我们爱孩子们胸前的红
领巾，爱挽着手臂行进的年轻人的笑声和歌声，爱春天的柳
枝上的嫩芽，爱冬天踏着新雪的沙沙响，爱水，爱风，爱小
麦和野菊花，爱丰收的田野。 所有这些都属于党，属于人民

政府，属于新生活，属于我们自己。

爱使光明更加光明，光明使爱成为更深、更强的爱。

于是我们相爱了，从听老魏同志讲共产党员的修养那个晚上起。 听完党课，我们没有上汽车，我们本来想，走上一站再上车，结果，却走过了半个城市。 我们在路灯下走着，我们的影子一会儿短，一会儿长，一会儿在后，一会儿在前。 我们的心潮也是这样起伏不定。 我们走了很长的时间，夜风使我们瑟缩了，但我们的心却更热。"能不能用十年的时间实现布尔什维克化呢？""十年不行就十五年。""怎么样才能更快、更彻底地消灭个人主义呢？""我们永远听党的话，做一个好党员。""可那天我为什么对××急躁呢？'同志'，这是一个多么珍贵的称呼……可是我……""我要树立一个目标，就是老魏，我要像老魏那样质朴，那样成熟，又那样耐心……什么时候我才能像他那样呢？""你能，你能，你一定能！""难道除了做一个真正合格的共产党员，除了更好地完成党的任务，我们还有别的心思吗？ 为了党，我们甘愿抛头颅、洒热血，难道反倒舍不得丢掉自己的缺点吗？""是啊，是啊，就怕自己认识不到，自己不自觉，如果认识到了，我一定改，我一定丝毫也不宽容自己。 如果认识到这是缺点，却又不肯改，这又算是什么共产党员呢？""但是，改造自己也是并不轻松的事，这需要主观的努力，也需要群众的监督。""那你就先监督吧，给我提点意见吧……""我的意见嘛……""啊，你真好，你真好，你提得多么好啊，我一定接受你的意见。 现在，我也给你提一点……"

　　给我提点意见吧，这就是爱情。 可笑吗？ 教条吗？ 但是爱情之所以被珍惜，不正是因为它具有使人们、使生活变得更加美好、更加完满的强大的力量吗？ 这是从心底升起的追求光明、奔向光明的原动力。 为什么柳条是那样浓密而又温柔？ 为什么槐树是那样沉稳而又幽深？ 为什么梧桐是那样谦和而又雍容？ 为什么天那么蓝，旗那么红，灯那么亮？ 为什么你、我和他，我们的脸上都呈现着幸福而又崇高的笑容？ 为了让世界美好，首先得让人们自身变得更美好些。 为了让自己能够爱和值得被爱，首先要让自己变得更可爱些。 为了能了解我们的事业，我们的斗争，我们的人生的真谛，首先要让自己的心灵更光明一些。 所以，我们如饥似渴地互相征求着意见，互相鼓励着克服自身的缺点。 甚至在我们互相通信的时候，我们在"吻你"的位置上写的却是"布礼！"。 是孩子气吗？"左"派幼稚病吗？ 令后人觉得格格不入吗？ 然而，既然我们是吸吮党的乳汁而长大成人的，既然主宰我们头脑的是党的钢铁的信念，我们身上流着的是随时准备为了党而喷洒的热血，我们的眼睛是为党而注视，我们的耳朵是为党而谛听，我们的心脏是为党而跳动，既然斯大林同志说共产党员是特殊材料制成的，既然我们努力要做一个名副其实的特殊材料制成的共产党员，既然没有党就没有你和我，就没有我们的人生，就没有我们在人生路程上的相会和相互的无条件的信任（为了这相会和相互信任，让祖先和后人永远羡慕我们!),我们相互之间怎么能不用党的方式来问候呢? 我们怎么能不为这特殊的问候语言而骄傲,而欢乐,而爱得更深呢?

我们常常因为工作,因为党的任务而不能相会,或者约会好了却不能守约。 有一次,我们当中的一个人在电影院的门口等着另一个人。 我不说是钟亦成还是凌雪,因为,在这些体验上我们两个人互为自我。 那时候,另一个人却因为取缔一贯道的事务而不能按时前去,打电话已经来不及了。 一个半小时以后,这个人才跑到电影院。 那个人正在那里等着,仍然忠实地等着,一点也不着急,"对不起,对不起。"这个人慌不迭地说。"可又有什么对不起的呢? 你没来,我就知道你忙,你有任务,我在这里站着等你,你在那里忙碌,并不因为我等着你而急躁马虎,这有多好!"电影散场了,他们和看电影的人走在一起,别人看着,他们比最欣赏电影、最理解电影的人还满足、还高兴呢。

还有一次,一个人等了另一个人七个小时。 利用七个小时他读了毛主席的好几篇著作。 七个小时,天,从亮变得昏黄,变得黑了。 下午已经变成了夜晚,太阳已经变成了星星。 每一扇门的响动都使得这个人觉得是那个人在到来,每个细小的声音都像是爱人自远而近的脚步。 这个人焦躁了,他拿出了党章,他学习:"中国共产党是中国工人阶级的先锋队……有组织的部队……阶级组织的最高形式……"第二天,才知道,另一个人临时接到通知去市委开会了,因为,毛主席要到这里来视察工作。 当第二天得知了这个消息，七个小时焦灼和平静的等待之后，是欢呼和跳跃……

我们一起走过了城市的每一条街，我们一起走过了解放以来的每一个年代，我们每每惊异，我们为什么竟然这样幸运地生活在这样伟大的党里，有了党的"介绍"，我们那么快地互相发现了，没有一点犹豫，没有一点疑虑，不懂得衡量条件，不懂得对别人有什么要求，不懂得有什么保留。 好像生来就该如此。 我们从来没想过我们的生活会是别的样子。

人们发明了语言，用语言去传达、去描述、去记载那些美好的事物，使美好更加美好。 但也有人企图用语言，用粗暴的、武断的、杀人的语言去摧毁这美好，去消灭一颗颗美好的心。 在这方面，有人得到了相当大的成功。 然而，并没有完全成功。 埋在心底，浸透在血液和灵魂里的光明和爱，是摧毁不了的。 我们是光明的一代，我们有光明的爱情。 谁也夺不走我们心中的光，谁也夺不走我们心中的爱。

一九五八年四月

五一节的前夕。 这是一个新鲜、美好的时令。 经过漫长的冬季的委顿，阳光重又变得明丽辉煌了。 柔软的枝条和新绿的树叶已经日趋繁茂，已经遮住了城市街道两旁的天空，却仍然那么鲜活，那么一尘不染，好像昨天才刚刚萌发出来似的。 树下到处是卖草莓的姑娘，嫩红、多汁、甜中带酸、更带有一种青草的生味儿的草莓，正像这个节令、这个城市一样生动而且诱人。 人们在换装，古板的老者还没有脱下大头棉鞋，孱弱的病人仍然裹着厚厚的毛绒围巾，年轻人呢，已经用他们五颜六色的毛线衣，甚至用轻柔而又洁白的单装来呼唤生活、呼唤盛夏了。 就在这样一个青春的季节的晴朗的日子，钟亦成和凌雪结婚了。

世界是光明的，斗争是伟大的，生活是美好的。 钟亦成更加坚定、更加执着地相信着这一点。 凡是人制造出来的，人就受得住。 只有人享不了的福，没有人受不了的罪。 从小，他的父亲的穷朋友们就爱引用这句名言来互相砥砺，互相安慰。 可不是吗，批呀，斗呀，划"分子"呀，宣布是"死敌"呀，揭露"丑恶面目"呀，清除出党呀，一关又一关，他都过来了。 疼痛是难忍的，但是单因为疼痛却死不了人。 凌雪说得对，关键在于自己的信心。 自己不垮，谁也无法把你整垮，整死了也不垮。 他可能确实犯下了严重的错误——或者叫作"罪行"，他可能犯的错误并没有那么严重，他可能确已被"批倒批臭"，他可能实际上并不臭，这些情况他自己还有点判断不清楚。 但是有一条是肯定的，他仍然要活下去，要革命，要改造思想，要做一个真正的共产主义战士。 他能这样，因为他强烈地、比什么都强烈地要求这样。

所以他恢复了，恢复了健康、热情和乐观的生活态度。 筹备婚事的一个多月，他和凌雪一起照了许多相。 他现在不用参加那么多会了，他现在是"听候处理"，他有了恋爱的时间了，任何一次约会都不会失约。 他知道了按时赴约，和凌雪在一起多待会儿是多么幸福。 有一张相片是这样照的：爬山之后，他热了，他脱掉了上身制服，用一只手在肩上抓着垂在身后的衣服，另一只手叉着腰，夕阳照在他的脸上，清风吹拂着他的头发，背景是山下的纵横阡陌。 这张相片洗出来以后连钟亦成自己都感到惊奇，可以说是震惊，在目前的处境下，他的照片为什么竟是这样神采飞扬，潇洒自豪，蓬勃向上，喜气盈盈？

他应该是这样的。 他本来就是这样的。 他是搏击暴风雨的海燕。 他是向着高天飞翔的鹰，他是沐浴在阳光里的一朵欢乐的春花。 无论施行怎样精巧的整容术，他的脸上无法出现符合"地、富、反、坏、右"排列的惧怕混杂着虚伪、谄媚混杂着猥琐的表情。 他无法做一个合格的右派，即使这使他感到抱歉也罢。

但他不敢把照片出示给别人，他也不敢让其他人知道他每个星期天和凌雪去照相，他必须偷偷摸摸地去做一个光明正大的人。

……这天晚上，他们结婚。 除了几个近亲，他们没有邀请什么人。 就是近亲，也有好几个托词不来。 而且，就在这一天的早上，凌雪所在的工厂（凌雪初中毕业以后上了中等专业学校，现在担任一个工厂的技术员）的一个领导，对凌雪进行了最后一次"挽救"。 因为她硬是与钟亦成划不清界限，在运动中，她没有能立场坚定地奋起揭发钟亦成；现在，在钟亦成头上的冠冕还牢牢实实、还崭新刺目的时候，她竟在一个月内五次打报告要与钟亦成结婚。凌雪拒绝了最后的挽救，于是，领导不得不采取了纪律措施，就是这一天的下午，召开了支部大会，通过了把凌雪开除出党的决议。

凌雪不接受这个处分，表决的时候，她不举手。签署本人意见的时候，她毫不含糊地写上了"不"字。为此，她受到了警告，说她"态度恶劣"，"还要加重处分"。

两个小时以后，她换了一件紫地带绿色花点的衬衫，套上一件黄色的毛线衣，穿上一条灰色哔叽裤子，半高跟黑皮鞋，然后，她坐上公共汽车，把自己"嫁"出去了。

这是一个十分冷落、应该说是冷落得可怕的婚礼。除了双方的母亲（他们都没有父亲了）和年幼的弟妹，除了还有两位在街道上打零工的邻居以外，再没有别的客人。一盘瓜子，一盘水果糖，一盘果脯，几杯茶，这便是全部的招待。而且，凌雪把早上和下午发生的事情告诉了钟亦成。她并不认为这是对他们结合的一个打击，相反，这似乎增加了他们结合的意义。在天塌地陷的时候，他们挽起了手。钟亦成的脸白了一下，眉头也皱了一下，虽然他自己经受了许多，但是落在凌雪身上的打击比落在他身上的还让他难受。但是，凌雪倔强的嘴角上呈现着的是笑容而不是哀伤，凌雪的眼睛里流露着的是令人销魂的温柔，而不是怨怼，凌雪的一举一动里，都包含着欢乐，包含着那么饱满的幸福，而不是寂寞和悲凉。　于是，钟亦成也笑了。　七年了，他们在一起，却又不在一起，这有多么苦！　现在呢，他们将永远在一起了，他感谢命运，感谢凌雪的真情，感谢太阳、月亮、地球和每一颗星。

到晚上九点，屋子里就没有人了。　但还有收音机，收音机里播送着鼓干劲的歌曲。　凌雪关上了收音机，她说："让我们共同唱唱歌吧，把我们从小爱唱的歌从头到尾唱一遍。你知道吗，我从来不记日记，我回忆往事的方法就是唱歌，每首歌代表一个年代，只要一唱起，该想的事就都想起来了。""我也是这样，我也是这样。"钟亦成说。"从哪一年唱起呢？""一九四六年。""一九四六年唱什么呢？""唱《喀秋莎》，这个歌我是一九四六年学会的。""好，唱完这个，我们就唱'兄弟们，向太阳，向自由'。""一九四七年，一九四七年呢？""一九四七年我最爱唱的是这个歌，这是我入党的时候最爱唱的歌……"

> 路是我们开哟，
>
> 树是我们栽哟，
>
> 摩天楼是我们亲手造起来哟。
>
> ……………

"那时候，我唱着这个歌走过各条街巷，我觉得，整个旧世界都在我的脚下……""一九四八年，一九四八年我们唱：

'天快亮，更黑暗，路难行，跌倒是常事情……'""一九四九年呢？""一九四九年的歌儿可太多了，'没有共产党就没有新中国'，'大旗一举满天红啊'。""一九五〇年，'五星红旗迎风飘扬'，'我们要和时间赛跑'……""一九五一年，'雄赳赳，气昂昂'，'长白山一条条……'记得那时候我们都要求到朝鲜去吗……"他们唱起来了，嘹亮的歌声填补了被剥夺的一切，嘹亮的歌声里充满了青春的动人的光明和幸福。他们就这样回忆着、温习着那纯洁而激越的岁月，互相鼓舞，互相慰藉着那虽然受了伤却仍然是光明火热的心。

他们唱得太高兴了，甚至没有听见敲门声，也没有听见门被推开的声音。及至听到了"小钟""小凌"的招呼和脚步声，他们转过头来一看，客人真好比是从天上降落到了他们的面前。三个人：区委书记老魏和他多病的妻子，他的汽车驾驶员小高。

经过运动，老魏也瘦了，下眼皮似乎略有浮肿，嘴角上的纹络也更明显了。老魏的妻子是一个农民出身的妇女工作干部，黑瘦黑瘦的，在对钟亦成进行"批斗"的过程中，她没有说过一句话，而且，她总用一种大惑不解、同情和安慰的眼光看着他，这使钟亦成铭记不忘。被批斗的日子里，谁给钟亦成倒过一杯水，谁见面的时候向他点过头、微笑过，谁发言的时候用了几个稍许有分寸一点的词汇，这都被钟亦成牢牢地记在心里，终生感激。老魏夫妻俩带着友谊，带着和善的笑容出现了，只有汽车驾驶员，年轻的小伙子，踮着一只脚，嘬着牙花，显出一种不耐烦的样子。

"好你个小钟，你们竟然向我封锁消息。"老魏大声说，他的关心和慈爱的态度使钟亦成回想起一九四九年初第一次党员大会上老魏送给他军大衣的情景。 老魏招招手，妻子拿出了礼物：一对刺绣的枕套，一本相片册，两本精装的美术日记。

"拿酒来，让我们为你们俩的幸福干一杯……"他喊道。

"可是，可是……"钟亦成尴尬了，手足无措了，"我们没有酒啊。"他小声说，声音是颤抖的。

"什么，什么？"老魏好像听不懂他的话，"为什么没有酒？ 这是喜酒啊，我们可是来喝喜酒的啊！"

"没有就算了，天也晚了。"老魏的妻子温和地说。

"我不喝。"驾驶员简短地声明。

"但是我要喝，我一定要喝你们的喜酒。"老魏似乎是负气地说，"为什么没有酒？ 为什么没有酒啊？"他大喊道，他的声音里充满了悲怆，他的眼睛是湿润的，钟亦成，凌雪，老魏的妻子，连驾驶员都不由得被触动了。

"小高，你给我买酒去！"他看了看表，用战争中下达军令的不容商讨的坚决态度说，"半个小时内完成任务。 他们不招待，我们敬他们，我们将他们的军！"他笑了起来。

小高从书记的神色里知道这确实是一个不能打折扣的任务，他匆匆地走了。 二十多分钟以后，小高气喘吁吁地回来了，"真糟糕，商店早就关了门，火车站附近的昼夜售货部偏偏又赶上月底结账，停止营业一天。"他说。"咱们家就没有一点酒吗？"老魏带着质问、带着莫名的怒火问他的妻子。"没有。"他的妻子抱歉地说，似乎喝不上喜酒是由于她的过错，"你又不喝。 医生也不让你喝……对了，咱们还有一瓶料酒，那是炒菜用的。""料酒能不能喝？ 当然，要喝也不会被禁止。"老魏自问自答，下令说，"把房门钥匙给小高，就把那瓶料酒取来！"

小高走了以后，他说这，说那，只是不说那分明刚刚发生过的事，没有说那刚刚开始的苦难。 一瞬间，钟亦成也忘记了这些荒谬绝伦的事情，从老魏到来的那一刻起，他好像有了依靠，有了主心骨。 好像在睡梦中被魇住以后听到了醒着的人的呼唤，只要一活动，一睁眼，所有的恐怖和混乱就会丢到冥冥之中去了……

小高回来了，拿回来的不是料酒，而是一瓶尚未启封的茅台——小高拿来了自己家的"储备"。

"为了钟亦成同志和凌雪同志的新婚，为了他们的幸福，为了他们一定能克服前进道路上的困难，为了……总会……干杯！"

老魏庄严地举起了杯，钟亦成和凌雪也举起了杯，他们喝下了这暖人肺腑的"喜酒"，杯中半是茅台，半是热泪。

六

一九五八年十一月

列车在一望无垠的冬日的原野上飞驰。青纱帐撤去了，视线没有遮拦，世界显得更是无边辽阔了。初冬，还没有积雪，田野上秋收作物的茬子和虽然略有瑟缩却仍然没有褪尽绿色的冬小麦清晰可见。"孕育着丰收"的冬小麦啊，结果却孕育了苦难。是不可思议吗？事出有因吗？在劫难逃吗？赶上"点"了吗？还是党的一种特殊的教育自己的儿女、考验自己的儿女的方式呢？不论是什么，作为党的一个忠诚的战士，他要从积极方面接受这一切。老魏出席了他的婚礼。许多同志也仍然是友好地、正常地对待他。"划清界限"，这本是暂时在一种压力下才发生的，待到压力稍稍放松，"界限"就不那么严酷了。还有凌雪，她那么体贴，那么痴情，用十倍于往昔的温存温暖着他那颗受了伤的心。

别的"右派"早就下乡"在劳动中改造自己"去了（钟亦成不爱说"劳动改造"，因为那四个字叫人联想到囚犯），但是老魏通知钟亦成，"等一等"。据说他的问题还要复查。这给他带来多少希望，他不敢想象这样的幸福，正像原来不敢想象这样的灾难。他梦见了机关支部书记找他谈话。支部书记通知他，对他的处分改为留党察看两年了。虽说仍然是严厉的处分，然而他感激得哭醒了，醒来，枕巾已经湿了一大片。 半年过去了，每天早晨他都充满了希望，每天晚上他都祝祷着明天。 到了明天，乌云就会散去了，一切就都会好了；到了明天，所有的冤屈，所有的愁苦，将会变成一个宽厚而又欣慰的微笑了。 但是，最后，通知他："这次运动一律不搞复查。" 真是奇怪，所有的运动都有复查，"三反""五反"时候打的那么多"老虎"经过复查都解脱了，唯独这次运动，不准复查。"过去的事情已经过去了，希望你今后好好努力，只要自己努力改造思想，总有一天还会回到党的队伍。"临下乡前，在办公室，老魏对他这样说，这样说也给他带来无限的温暖啊！

现在，他坐在列车上了。 他的眼前仍然浮现着站台上送行的凌雪的努力含笑的脸。"一路顺风！"车开动之后，凌雪用抖颤的声音喊道。 这声音的抖颤使钟亦成感到那么悲怆。"凌雪，我对不起你，我对不起你呀！"他想哭了……

汽笛长鸣，机轮铿锵，车头粗重地喘气，烟囱放出浓烟。 车过桥梁时大地猛烈地颤抖，车过隧道时车厢一片漆黑（乘务员忘记了打开灯）。 车厢喇叭里响彻了"大跃进"的豪言壮语和"超英赶美"的气壮山河的歌声，各车厢正在举行红旗竞赛。 列车员除了不停地打扫、送水以外，还要说快板、读报，进行政治宣传，用自己的声带和广播喇叭比赛。这一切都像鼓槌一样敲打着钟亦成的心房，使他渐渐地把对城市、对凌雪的依恋之情暂时放在一边，过去的让它永远过去吧，生活仍然是这么强健、这么红火、这么吸引人。 我才

二十六岁嘛，时间在前面，未来在前面，唯有一心向前！ 他
自言自语说。 其实，早在上火车之前他就多次对自己这样说
过，但只是现在，在车厢的嘈杂和明明暗暗的多变的光照之
中，在他贪婪地隔着车窗注视着正在掠过、正在飞旋的田
野、道路、池塘、房屋的时候，他才当真是又痛苦、又兴
奋、又快乐地感到了："过去的过去了，新生活正在开始！"

　　他还年轻，有力量，身体健康，四肢和头脑都好用，革
命和生活都还在他的前面，像是一朵花，才刚绽开花蕾，甚
至还是含苞待放的时候，突然来了一阵毁灭性的狂风暴雨。
然而，花的本性是芬芳，花的本色是万紫千红，花的本来面
目是开放，特别是，如果它有很好的根，很好的蕊，如果它
有对太阳、对土壤、对空气和水天然的亲和爱，那么，你用
火烤，用烟熏，用刀锯，用沸汤浇，它总还会有一点根，有
一点花心活下去，它活着，接受阳光和雨露，吸收大地的滋
养，重新抽出枝条，长出绿叶。 看吧，尽管他眼角上已经过
早过密地出现了鱼尾纹，尽管他的额头上也有那么几道悲哀
的、深深的纹络，尽管他嘴角上的纹线给人一种惧怕和痛楚
的感觉，这一点当他咧嘴笑的时候就更加明显，但是，他的
眼睛仍然是明亮的乐观的，他的鼻子仍然是坚毅的稳定的，
他的头颅仍然是昂扬的，随着列车的行进，随着"鼓槌"的
敲击，他的目光中更飞出了兴高采烈的火花来。

　　车到站了，在经过了一个又一个隧道、一块又一块蓝天
之后，在一个三面环山、一面近傍着大河的险要的地方，火

车停下来了。

钟亦成像士兵一样背着行李包，手里拄着一根刚刚撅下来的助步的粗树枝，攀登在崎岖的山路上。 雄鹰在头顶盘旋，油松和核桃树在山坡上伫立，青石在道路旁虎踞，激流在山谷里跳跃，钟亦成不知哪里来了那么大的劲，飞快地走着，走着。 由于他是等待复查而最后下去的一个"分子"，没有人和他同行。 但他感到有一股巨大的力量在催促着、驱赶着他。 他不能停，在改造的道路上他必须快马加鞭。 国家在跃进，再过几年就要取消三大差别、进入共产主义了，中国即将成为全世界第一个繁荣、富裕、先进、"一大二公"的国家了，他难道还能停留在"资产阶级"的泥坑里？ 到了全国实行共产主义的时候，他们这些"资产阶级"，不是太滑稽、太不合时宜、太有碍观瞻了吗？ 他不灰心，他不怕，看，他能一口气走上三个小时、五个小时的山路，虽然早已是汗流浃背，他的耻辱只有用汗水来冲洗了，出汗，这才刚刚是序幕呢。 青春是无价的财富和无穷的力量，青春什么都不怕，就算过去二十六年全错了，白活了，全是罪过，那又要什么紧呢？ 今后不还有五十年的时间给他重新生活、重新革命、重新做一个共产主义的战士的机会么？ 五十年的时间难道不能做许多许多有益于党、有益于人民的事情么？ 五十年的时间难道不够他重新塑造自己之用么？ 他已被清洗，他无法做党务工作了，那就——譬如让他去学建筑或者数学吧，他本来也很喜爱数理功课，只是因为党的事业的需要他

才转移了自己的心。 但是不行，他得先改造，先取得一个公
民、一个人的资格。 那就到山区来吧，在山区他也要献出自
己的青春，放出自己的热。

　　汗水淹没了全身，连睁眼都困难了。 裤角上沾满了牛蒡
子、刺草叶。 鞋面上盖满了红的、黄的、黑的和白色的尘
土。 钟亦成爬过了正在开采马牙石的琥珀色和白色的山，爬
过了核桃、大枣、桃、梨、杏、柿、山楂满坡的花果山——
只有个把橙红如火的柿子还挂在枝头。 又爬过了乌黑如墨的
煤山，穿着单裤、赤着上身的矿工推着小矿车从简易的坑口
走出来，使钟亦成觉得分外亲切。 又走过了灰黄色的石灰石
山和依然碧绿的松山，终于，他登上了制高点——雁翅峰。

　　凉风习习，热汗淋淋，视线一下子开阔，千山百岭，都
已在他的脚下。 大河如同一条银带，辗转蜿蜒，尽收眼底。
远处的地平线上，烟气飘飘，氤氲渺渺，树木和村庄隐隐约
约，好像是在大海里出没着的船。 脚下近处呢，是炊烟袅袅
的房舍，是阡陌纵横的田亩，是正在施工的筑路队的帐篷、
工棚。 回首来路，几个小时的奔波已经不仅使城市、而且使
平原远远地被抛在后面。 俯视眼前呢，山川历历，天地悠
悠，豁然开朗，心旷神怡。 他放眼四极，忽然吃了一惊，这
风景，这地面，这高山与流水，树木与田野，村舍和工地，
怎么如此熟悉，似曾相识，竟像是过去来过、见过一样呢？
明明他是生平第一遭到这儿来，不但是初次到雁翅峰来，而
且是初次上山下乡来，为什么这风光景物竟使他觉得这样亲

切、熟悉、心心相印呢？ 莫非他在哪一本小说中看到过这样的描写？ 莫非他在哪一部电影里看到过这样的画面？ 莫非他曾在梦中到此一游？ 莫非他多年来所寻找、所期待、所要求的正是党给他安排的这样一个宽广的天地？

我来了，新生了，过去的永远过去，新的里程从兹开始；他想欢呼，想高歌，想长啸，但他想到了应该克服这种小资产阶级的狂热性，过分的激情只会带来灾难……他想起了临行前凌雪对他提的意见："劳驾，别那么激动。 许多事情我们还不懂，我们需要思考，需要理解。 一个共产党员，不仅要有火一样的热情，还要有冰一样的头脑……"虽然钟亦成提醒她正视现实——难道还用提醒么？ 奇怪，为什么一个女同志会这样执拗，凌雪仍然在用党员的感情、党员的目光、党员的语言来看问题、想问题、说问题……批下来了，凌雪也被开除了党籍。 一个从小做过童工，从小参加革命，一个本来没有任何辫子的好同志，只因为忠于他们互致布礼的爱情，也被从政治上判处了死刑……布礼，布礼，布礼！突然，泪水涌上了他的眼睛。

一九七九年

灰色的影子说：你真可怜！ 你怎么到那个时候还看不透，你怎么会像个傻瓜似的欢欣鼓舞地去劳动改造？ 看穿一点吧，什么也不要信……

然而灰色的朋友，你有什么资格说看透、说不相信呢？

你只不过是在生活的岸边逡巡罢了，你下过水吗？ 你到生活
的激流中游过泳、经历过浮沉吗？ 没有下过水的人有什么资
格评论水、抨击水、否定水呢？ 你那么聪明，又那么爱惜自
己，于是，你冷眼旁观，把自己的生命闲置起来，白白地浪
费掉，于是你衰老了，白了头发，落了牙齿，你絮絮叨叨，
发出盲肠炎急性发作的病人才能发出的呻吟。 你的一生，不
过是一场误会，一场不合时宜的灾难，一声哀鸣罢了，你怎
么看不透你自己呢？ 你何必活下去呢？

一九七九年

你说什么？ 你热爱党？ 你热爱党为什么注销了你的党
票？ 注销了你的党票你还能热爱党吗？

多么天才的逻辑，真是高屋建瓴，势如破竹！ 但什么叫
党票呢？ 难道我们的国家除了有粮票、肉票、布票、油票以
外，还发行了党票吗？ 党票可以换来什么？ 在黑市又是以
多少钱一张的价格买卖的呢？

你说什么？ 你热爱党，热爱党为什么给你戴帽儿？ 你
这就是翻案！ 这就是反攻倒算！

奇怪，多一个敌人究竟对国家有什么好处？ 能提高钢铁
的产量、质量吗？ 能提高农民的粮食定量指标吗？ 否则，
为什么要千方百计地塑造一个定型的敌人呢？

赎罪？ 你赎了什么罪？ 你是老账未完又加新账，对你
要老账新账一起算，罪恶滔天，死有余辜！

祥林嫂！ 为什么生活在社会主义新中国的一个共产主义者，一个朝气勃勃、赤诚无邪的年轻人的命运竟然像了你？中华民族呀，多么伟大又多么可悲！

好吧，先把你的问题挂起来……

把什么挂起来？ 钟亦成是什么？ 一顶帽子吗？ 一件上衣吗？ 一个装酱油的瓶子吗？

先通通轰下去，然后，就地消化……

他们是什么？ 是一块窝头、一碟切糕？ 还是一盘需要好胃口的莜面卷？ 消化以后变成什么东西呢？ 尿吗？ 大便吗？ 一个打出来的嗝或是一个放出来的屁吗？

清队结论：钟亦成，男，一九三二年出生于 P 市，家庭出身：城市贫民。 本人：学生……该钟自幼思想极端反动，怀着不可告人的个人野心于一九四七年未经履行应有的手续，混入刘少奇及其代理人控制下的党组织……五七年，利用写诗向党猖狂进攻……至今拒不服罪，拒不揭发刘少奇的代理人大搞假共产党的滔天罪行……实属没有改造好的资产阶级右派分子……

年代不详

黑夜，像墨汁染黑了的胶冻，黏黏糊糊，颤颤悠悠，不成形状却又并非无形。 白发苍苍、两眼圆睁得像两口枯井一样的钟亦成拄着拐杖走在胶冻的抖颤中。 呼啸着的狂风，来自无边的天空，又滚过了无垠的原野，消逝在无涯的墨海里。 是闪电吗？ 是地光吗？ 是磷火还是流星？ 偶尔照亮了钟亦成在一个早上老下来的皱缩的、皮包着骨的脸颊。 他举起手杖，向着虚无敲击，好像敲在一个老旧的门板上，发出剥、剥、剥的木然的声音。

钟亦成，钟亦成，钟亦成！

他发出的声音苍老而又遥远，紧张而又空洞，好像是俯身向一个干枯的大空缸说话时听到的回声。

钟亦成，钟亦成，钟亦成！

黑夜在旋转，在摇摆，在波动，在飘荡；狂风在奔突，在呼号，在四散，在飞扬。 桅杆在大浪里倾斜，雪冠从山顶崩塌，地浆从岩石里喷涌，头颅在大街上滚来滚去……

钟亦成，钟亦成，你怎么了？

钟亦成，钟亦成，他死了。

闪电之后是彻底的黑暗。

寂静无声。 暗淡无光。 凝定无波。

多么微小，好像一百个小提琴在一百公里以外奏起了弱音，好像一百支蜡烛在一百公里以外点燃起了青辉，好像一百个凌雪在一百公里以外向钟亦成招手……

布礼，布礼，布礼……你对我有什么意见？

他要追逐这布礼，他要去追逐这意见，他要抬起这难抬的、被按着的头，他要睁开眼，极目远望……

又是一道闪电，他看见钟亦成了，钟亦成就在凌雪的身边，戴着袖标，举着火炬。 不，那不是火炬，那是一颗痛苦的、燃烧的心。

一九七八年九月
钟亦成的日记:

今早写了申诉,二十一年来,第一次向党说了那么多心里话。多么令人惋惜,每个人的生活都只有一次。人们经历的一切,往往都是在事先没有准备、没有经验的情况下就打响了的遭遇战。假如一切能重新开始一次,我们将会少多少愚蠢……然而,回顾二十余年的坎坷,我并无伤感,也不怨天尤人。我也并不感到空虚,不认为这是一场不可思议的噩梦。我一步一步地走过了这二十一年,深信这每一步都不会白白走过。我唯一的希望是,这些用血、用泪、用难以想象的痛苦换来的教训将被记取,这些真相,将恢复其本来面目并记录在历史上……

七

一九五八年十一月——一九五九年十一月
劳动,劳动,劳动! 几十万年前,劳动使猿猴变成了人。 几十万年后的中国,体力劳动也正发挥着它净化思想、再造灵魂的伟力。 钟亦成深信这一点。 他对祖国山川和人民大众的热爱,他献身的愿望,他赎罪的狂热,他青春的活力，他不论在什么处境之下都无法中断的、不断从生活中获得补充和激发的诗情，全都倾注在山区农村笨重的、应该说是还相当原始的体力劳动里。

他背着满满的一篓子羊粪蛋上山，给梯田施肥，刚起步两分钟，就像做豆腐的最后一道工序——用石板压一样，汗水像豆腐水一样从四面溢了出来。 他爬梁越坡，沿着蜿蜒崎岖的山径前行。 他的腰背弯成七十度，他尽力学着老农的样子，两腿叉开，略略拳曲以利于维持平衡。 两只手是自由的，有时甩来甩去，觉得上肢轻松得令人飘飘然。 有时交叉手指放在胸前，一副虔诚的样子。 有时用两手拢成一个圆环，这是一个练气功的姿势，为了拔步陡坡，必须气运丹田。 每走一步他都觉得腿在长劲，腰在长劲，他确实是脚跟站稳，脚踏实地，在把自己的体力和热情，把饱含着农作物所需要的氮、磷、钾和有机质的肥料，献给哺育着我们的共和国的农田。

他掏大粪。 粪的臭味使他觉得光荣和心安。 一挑一挑稀粪和黄土拌在一起，他确实从心眼里觉得可爱，拌匀了，发酵了，滤细了，黄土变得黑油油的了，黏土也变得疏松，然后装上马车，拉到地里，撒开，风把粪渣送到嘴里。 他觉得舒畅，因为，他已经被大地妈妈养活了二十多年，如今第一次把礼物献给大地妈妈……

春天了，他深翻地，目不斜视，耳不旁听，全部肌肉和全部灵魂的能力集中在三个动作上：直腰竖锨，下蹬，翻土；然后又是直腰竖锹……他变成了一台翻地机，除了这三个动作他的生命再没有其他的运动。 他飞速地，像是被电马达所连动，像是在参加一场国际比赛一样做着这三位一体的动作。 腰疼了，他狠狠心；腿软了，他咬咬牙。 腿完全无力了，他便跳起来，把全身的重量集中到蹬锹的一条腿上，于是，借身体下落的重力一压，扑哧，锹头直溜溜地插到田地里……头昏了，这只能使他更加机械地、身不由己地加速着三段式的轮转。 忘我的劳动，艰苦而又欢乐。 刹那间，一个小时过去了，三个小时过去了，十二个小时也过去了，他翻了多么大一片土地！ 都是带着墒、带着铁锹的脖颈印儿的褐黑色土块，你想数一数有多少锹土吗？ 简直比你的头发还多……人原来可以做这么多切实有益的事。 这些事不会在一个早上被彻底否定，被批判得体无完肤……

夏天，他割麦子，上身脱个精光，弯下腰来把脊背袒露在阳光下面。 镰刀原来是那么精巧，那么富有生命，像灵巧的手指一样，它不但能斩断麦秸，而且可以归拢，可以捡拾，可以搬运。 他学会用镰刀了，而且还能使出一些花招，嚓嚓嚓，腾出了一片地，嚓嚓嚓，又是一片地。 多么可爱的眉毛，每个人都有两道眉毛，这样的安排是多么好，不然，汗水流得就会糊住眼睛。 直一下腰吧，刚才还是密不透风的麦田一下子开阔了许多，看见了在另一边劳动的农民，看到山和水。 一阵风吹来，真凉快，真自豪……

秋天，他打荆条，腰里缠着绳子，手里握着镰刀。 几个月没有摸镰刀了，再拿起来，就像重新造访疏于问候的老友一样令人欢欣。 他登高涉险，行走在无路之处如履平地，一年的时间，他爱上了山区，他成了山里人。 如同一个狩猎者，远远一瞭望，啊，发现了，在群石和杂草之中，有一簇当年生的荆条，长短合度，精细匀调，无斑无节，不嫩不老，令人心神俱往，令人心花怒放。 他几个箭步蹿上去了，左手捏紧，右手轻挥镰刀，嚓的一声，一束优质荆条已经在握了，捆好，挂在腰间的绳子上；又一抬头，又发现了目标，他又攀登上去了，像黄羊一样灵活，像麋鹿一样敏捷，身手矫健，目光如电……

　　除了和农民、和下放干部们一起劳动以外，他和几个"分子"还主动地或被动地给自己加了成倍的额外任务。 夜里三点，好像脑袋才刚挨枕头，就起来"早战"了，把粪背到梯田上，把核桃、枣、甘薯、萝卜背下去。 在星空下走小路，星星好像就在人的身边，随手都可以抓到。 中午嘴里还啃着咸菜和窝头，又开始"午战"了。 晚上喝完两大碗稀粥，又是"夜战"。 夜战的时间长了，有时候也犯迷糊，分不清早战和夜战了。 除了星宿的位置有些不同，别的区别很少能觉察到。 人真是有本事，把加班说成什么什么"战"，马上就增加了一层非凡的革命的色彩，原来他们是在战，在打仗，在向资产阶级、向自己思想中的敌人开火，不是你死，就是我活，谁能懈怠呢？ 干就干吧，还要竞赛，还要批评表扬，一得空就要评比，还要按劳动和遵守纪律的情况划

1958 年被开批判会后

20 世纪 70 年代摄于乌鲁木齐

1991 年 10 月 26 日与老房东阿卜都拉合曼重逢

1980 年与巴彦岱农民在一起

1980 年在维吾尔族农民家

2013 年 4 月 24 日在鲁迅文学院
给青年作家讲课

2013 年 5 月 30 日,中央电视台《艺术人生》节目采访王蒙先生。
图为王蒙先生在节目现场起舞

2015 年 9 月茅盾文学奖颁奖现场

2017 年 10 月中央文史研究馆、人民出版社联合举办《王蒙谈文化自信》
出版座谈会

2012 年 4 月 16 日在伦敦书展
中国主宾国活动中与英国作家
玛格丽特·德拉布尔对谈

2016 年与俄罗斯文化部部长梅津斯基亲切交谈，并赠送俄文版
长篇小说《活动变人形》一书

2018 年 6 月在智利

分类别，改造得较好的——一类，一般的——二类，较差的——三类，继续反党、反社会主义，准备带着花岗岩脑袋见上帝的——四类。这种评比可真有刺激的力量！所以农民反映："分子"们劳动是拼命，像"砸明火"一样气急败坏，看着他们干活我们都害怕——他重载上山的时候是跑步，下山的时候是跳跃，喘气的声音两里地外都听得见。这还不算，一有空他们还得考虑自己的罪行，考虑如何通过这种"砸明火"的劳动进一步认识自己的丑恶面目，进一步感谢党的挽救……

钟亦成出身城市贫民，从小家境不好，在他发育成长的关键时期——十一岁至十四岁，正是家里吃了上顿没有下顿的时候，所以，他身材瘦小，手腕和脚踝特别细，解放后繁忙的会议、工作之中，他也没有年轻人应有的娱乐、体育锻炼和足够的休息。来山区后营养又差，农民还可以从供销社买点点心吃，而他们的纪律是不准买任何吃的东西。但不知道是一股什么样的内在的、神奇的力量支持着钟亦成，使他在如此严酷沉重的劳动中没有垮下来——许多比他干活少得多的下放干部这个住了院，那个请了假，有的一回城就半年不见影子——他咬紧牙关，勇往直前，在严酷的劳动中体味到新的乐趣，新的安慰。他甚至觉得，以往不从事体力劳动的岁月全是浮夸，全是高高在上，虚度年华。而如今，他的四肢，他的肠胃，他的身体和精神都得到了解放。一切的清规戒律，什么饭后不要立即从事重劳动啊，什么一天应该睡八小时啊，什么刚出过大汗不要下凉水啊，全都打破了。 有一天吃面条——这是罕有的改善，小小的钟亦成一顿吃了六碗——一斤半干面出的面条。 这种出色的、努力认真的、傻气的劳动沟通了他和农民的感情。 农民说："你刚来时我真怕一阵大风把你吹跑了。 谁知道，你还真豁着命干。"农民一再爱惜地劝导说："悠着点劲儿，别那么卖死力气，伤着身子一辈子的事儿！"还有的农民悄悄邀请他："甭听他们的限制，上我家喝两盅儿，我给你煮两个鸡蛋，瞧你瘦成了啥样子！"农民的热情使钟亦成五内俱热，然而，他是一个罪人啊，他有什么颜面接受农民父老的这种关心和爱护呢？

有一个小名叫老四的农家孩子，才十三岁，对钟亦成特别好，一会儿递给钟亦成一把红枣，一会儿抓一个蝈蝈叫钟亦成去看，好像钟亦成是他的同龄的伙伴似的。 家里烤好两个土豆，他也要趁热给钟亦成拿一个吃。 他还给钟亦成的背篓缝上了一层棉垫，这样背起来就不那么硌腰。 老四无微不至的帮助使钟亦成感激而又惶恐，他对老四说："你还小呢，你倒老替我操心！"老四说："我看着你们几个人实在太苦。"说着，眼泪在眼眶里打转。"不，我们不苦。 我们有罪！"钟亦成慌忙解释说。"你们不是改好了吗？ 你们思想要不好，能这么劳动、这么老实吗？""不，我们改造得不好……"钟亦成继续嗫嗫嚅嚅的，自己也不知所云。

说是每个月休假四天，但是对于"分子"们，两个月也不见得放一次假，宣布放假也是突然袭击，早晨吃完早饭，正擦着铁锨，有关负责人把"分子"们叫去了："今天起你们休息，按时回来，不得有误……"这样临时通知，据说有利于改造。 钟亦成更来了个彻底的，通知休假的时候，他一咬牙，申请说："我不休了……"

凌雪来了好多信，并没有责备他不该放弃休假，却是说：

"……知道你健康，劳动得好，我很高兴。 可你为什么不写诗了呢？ 为什么你的信里没有诗了呢？ 你不是说山区的生活十分可爱吗？ 我相信它一定是十分可爱的。 我相信不管有多么苦（你当然不说苦了），它仍然是甜的，你不是说常常想念我吗？ 那就写一首关于山区、关于劳动的诗，寄给我吧。 干脆写一首给我的诗也行。 别忘了，我永远是你的诗的第一个和最忠实的读者。 现在，我也许是你唯一的读者了。 将来呢，也许你有很多很多的读者……

"为什么不征求我的意见了？ 我的意见就是要你——写诗。 不要气馁，不要悲伤，哪怕一切从零做起，我相信你……"

凌雪的信给钟亦成带来了自信和尊严。 战胜这一切，体味着这一切，他时而写一首短的或相当不短的诗，寄给凌雪，并从凌雪的回信里得到意见，得到新的启发。

一九五九年十一月二十三日

一年的时间过去了，最初的参加劳动、净化自己的狂喜和满足已经过去了，钟亦成已经习惯了农村的劳动和生活。他黑瘦黑瘦，精神矍铄。 他学会了整套的活路——扶犁、赶车、饲养、耘草、浇水、编筐和场上的打、晒、垛、扬。 他也学会了在农村过日子的本领——砍柴，摸鱼，捋榆钱，挖曲母菜和野韭菜，腌咸菜和渍酸菜，用榆皮面和上玉米面压饸饹……虽然他从小生长在城市，虽然他干起活来还有些神经质，虽然他还戴着一副恨不能砸掉的眼镜，但他的举止愈来愈接近于农民了。 同时，随着时间的流逝，那种劳动和改造的热情似乎逐渐淡了下来，体力紧张的后面时或出现精神的空虚。 他们不要命地改造，可谁又过问他们的改造情况呢？ 他们想主动汇报个思想也没人听。 下放干部的带队人，除了监督他们干活时不要偷奸耍滑和下工后不要偷偷去供销社买核桃酥以外，不问其他。 也没法问。 他哪里知道他们是由于思想上出了什么差错而堕落成"分子"的呢？ 反正他们的脸上已经盖着"右"字金印，他们和人民的矛盾是对抗性的敌我矛盾，所以对他们是只准规规矩矩，不准乱说乱动，管严一点，莫要丧失立场就是了。

钟亦成有时觉得纳闷，不管领导运动的"五人小组""三人小组""运动办公室"也好，整个机关和全体同志也好，以及他个人也好，费了九牛二虎之力，鸡飞狗跳，死去活来，好不容易查清了他的面目，好不容易透过共产党员、革命干部、自幼参加革命、一贯对党忠实的表面现象分析出了他的反动本质，并且周到地、严密地、逐一地、反复地、深入地、头头是道地把他批了个体无完肤，他自己也好不容易前后写了十几篇检讨，累计达三十多万字，比他在办公室工作八年执笔写的简报还多，最后，他终于写出了一篇连宋明同志也认为"态度还好，开始有了转变"的检讨，检讨中对他出生以来的每一句话、每一个举动、每一个念头还有梦中的每一个细节都进行了类似把一根头发劈成七瓣的细密的分析，难道费了这么多时间，这么多力量，这么多唇舌（其中除了义正词严的批判以外也确确实实还有许多苦口婆心的劝诫、真心实意的开导与精辟绝伦的分析），只是为了事后把他扔在一边不再过问吗？ 难道只是为了给山区农村增加一个劳动力吗？ 根据劳动和遵守纪律的情况划分了类别，但这划类别只是为了督促他们几个"分子"罢了，并没有人过问他们的思想。 他们是因思想而获罪的，获罪之后的思想却变成了自生自灭的狗尿苔（一种野生菌类）。 好比是演一出戏，开始的时候敲锣打鼓，真刀真枪，灯光布景，男女老少，好不热闹，刚演完了帽儿，突然人也走了，景也撤了，灯也关了。 这到底是什么事呢？ 是为什么呢？ 不是说要改造吗？不是说戴上帽儿改造才刚刚开始嘛，怎么没有下文了呢？

但是，事情在发展，只是这发展与钟亦成的估计有些不同。 钟亦成原来认为，之所以费这么大力气批判，还不是为了弄清是非，还不是为了下一剂猛药，让他们回头，重新回到党的怀抱和革命的队伍！ 批得严，是因为期待得殷切，恨铁不成钢，党对自己的儿女，不是经常抱这种态度的吗？ 但是，一年过去了，他愈来愈感到回到党的怀抱的前景是多么渺茫，而报刊和文件上正式出现了"右派分子是帝国主义和蒋介石的代理人"的提法和"地、富、反、坏、右"的排行。 接着，到了"五一""十一"前夕，钟亦成他们被叫去与村里的地主一起听公安人员的训话……

抽象地分析自己脑子里有些什么主义、什么观点、什么情绪，分析这些主义、观点、情绪代表了一种什么样的思潮，具有什么样的严重得吓死人的危害性，这毕竟是容易做到的。 不管有多么苦、多么涩、多么噎人，这毕竟是一个形体不那么固定、可塑性很强的果子，虽然它的体积太大，简直无法吞咽，但是连拉带拽，连按带送，果子终于被点滴不漏地吞下去了。 下吞的时候还有一种很有效的润滑剂，那就是钟亦成坚信党绝不会把自己毁掉，绝不会把一个痴诚的党的孩子毁掉。 但是，许多的日子过去了，处境却一天恶劣于一天，现实的政治待遇，这就是另外的事了。 他这个从儿童时候就怀着不共戴天的仇恨去与蒋介石国民党政权作殊死斗争的孩子，到底是从哪一天起、为了什么、怎样代理起帝国主义和蒋介石的业务来了呢？ 帝国主义和蒋介石，又是从哪里来的那么大本事，是怎样在解放了的中国大陆，在英勇坚强、令一切反动派胆寒的中国共产党内部招募了或是聘请了、任命了那么多大大小小的代理人呢？ 如果他们的代理人当真如此之多，如此隐蔽而无孔不入，一九四九年何至于垮得如此迅速而且彻底？

　　算了吧，反正想也想不清楚。他苦笑了。劳动的最大好处就是使你没有时间也没有精力去胡思乱想。哪一个劳动了十几个小时，一顿吃了三个大眼窝头、半碗咸菜又喝了好几碗凉水的人还有兴致做这种政治推理和玄学遐想呢？铁锹、镰刀、窝头、咸菜……他的头脑已经为这些东西所充实。农民就是这样，他们委实与知识分子不同，他们倾其全力，首先还是为了维持生活，他们的思想围绕着"怎样才能活下去"，"怎样才能活得稍好一点"，稍一懈怠就有饥寒之危。而知识分子的境遇再不济，往往还是在维持生存的水平线之上，所以他们要考虑一些稀奇古怪的问题："活着干什么？我将如何活得更有意义？"所以要这样自寻烦恼，推其主要原因，还是吃得太饱，简单归结起来，两个字：撑的。

　　他这样想着，就再什么也不想了。他的眼皮已经像铅块一样沉重干涩，他的四肢已经像被拧上螺丝一样动弹不得。"算——了——吧。"他只来得及再苦笑了一下，还没等收到这个苦笑的面容，就睡着了。

　　算了吧，苦笑，香甜的安睡……这对于钟亦成来说，完全是一种新的精神状态，一种新的体验。也许，这里头包含着一种新的动向，新的契机？也许，这却是消沉和沦落的开始！

　　……大风，深秋的暗夜里突然狂风怒吼，飞沙走石，把钟亦成惊醒了。他迷迷糊糊地下床去关紧窗子，看到窗前一亮。

他一惊,定睛一看,在离他的住地半里路的地方,在筑路工程队的厨房方向,正有火光和烟雾在风中一闪一闪。"不好!"钟亦成喊了一声。 他知道,厨房旁边就是筑路队的仓库,里面不仅堆放着木材,而且还新运来一批炸药和雷管。如果灶火没有压实,如果大风把火吹到了炉灶之外,如果火苗在大风中飞舞,那么几分钟之内筑路队就会变成一片火海,筑路工人的生命财产、国家的修路材料就会被火焰所吞噬,并会引起全村的大火,而且,在这样的大风里,进一步引起邻村和山林的失火也是完全可能的。

钟亦成又喊了一声,不顾同宿舍的其他"分子"是否醒转,他跌跌撞撞地向着冒火的方向奔去。 火光愈来愈大,厨房已经从内里着起来了。"火!火!火!"钟亦成失声大叫,惊醒了熟睡的筑路队工人,人们喊叫着,吵闹着,叮叮当当,敲钟的敲钟,拿洗脸盆的拿洗脸盆。 厨房的门还锁得紧紧的,烟气从厨房中溢出,呛得人喘不过气来。 钟亦成第一个冲到门前,顺手抄起一根圆木,"嗵"的一声,砸开了门,火和烟噗地向外一蹿,钟亦成的脸上、身上全都辣辣的,他顾不得自己,去扑打,去踩,去到火和煤渣上打滚……随后大队的人端着水盆,端着盛满砂土的篮筐,拿着唯一的一个灭火喷雾器跟上来了。 一场混战,总算迅速地把火扑灭了。

直到把火彻底扑灭之后,钟亦成才感到钻心的疼痛,他这才发现,头发烧掉了一多半,眉毛已经全烧光了,脸上、背上、手上、腿上，到处都是火伤，到处都挨不得碰不得了，不，连站也无法站了，他的脚也烧坏了。 他脸上做了一个那么痛苦的、歪扭的表情，没等呻吟出声来就失去了知觉。

第二天

"那天晚上，你跑到筑路队去干什么？"

由于严重烧伤，钟亦成被送到公社医院。 他躺在病床上，看到病房的门打开了，下放干部的副队长、筑路队的一名保卫干部和公社的公安特派员向他的床位走来，他心里感到无限的熨帖和温暖，他勉为其难地挣扎着坐了起来。 然而，三个人走到他的床边，脸色是铁青的，肌肉是高度收缩着的，目光是呆板的，声音是冷冷的，他们张口了，说出来的不是对于受伤者的问候，不是对于灭火者的感激，他们开口提的是一个审案式的问题。

钟亦成谦和地回答了提问。"我看到了火光……"他说。

"你几点钟看到了火光？"

"不记得了，反正已经过半夜了。"

"过了半夜你还不睡觉吗？ 不睡觉你又干了些什么呢？"

"……我睡的，刮起了风……"

"刮起了风怎么别人没醒你却醒了呢？"

"你为什么不请示领导就往筑路队的仓库跑呢？ 那里有

许多要害物资, 你不知道吗? ”

“你砸开厨房的门的目的是什么? ”

“从昨天晚上六点到现在, 这二十四个小时你都到了什么地方, 说了什么话, 做了什么, 证明人是谁, 你详细地谈一谈。 不要回避, 不要躲躲闪闪……”

问题一个接着一个。 开始, 怀着一种习惯的对领导和对同志的亲切、忠实和礼貌, 钟亦成尽管全身疼痛, 一天没有正式吃饭, 体力和脑力都感不支, 但他还是一一作了尽可能准确和详尽的回答。 但是, 问题仍是不停地提出来, 一个比一个问得离奇, 一个比一个问得莫名其妙, 而且, 明明他已经清清楚楚地回答过的问题, 隔上一会儿又从另一个人的口里从另一种角度、用另一种方式问一遍, 所有的答话都被详细地记录, 而且在挖空心思从他的答话里找矛盾, 找碴儿……突然——多么迟钝, 多么愚鲁——他明白了这些提问后面的东西, 这是即使天能翻身、地能打滚、黄河能倒流也叫人想象不到的东西。 他的两眼发黑, 他的额头、鼻尖和脖颈上沁满了虚汗, 他的嘴唇在哆嗦, 鼻翼在扩张, 手脚在发冷, 但他终于还是喊出了声:

“你们问这些干什么? 你们怎么能这样怀疑人? 毛主席呀, 您老人家知不知道……”

“不要忘记自己的身份! ”三个人异口同声发出了警告。然而, 钟亦成已经听不见这警告了。 天地在旋转, 头脑在爆裂, 身体在浮沉, 心脏在一滴又一滴地淌血。 他知道, 他死了。

一九七九年

灰色的影子：活该！

钟亦成：那么，按你这个聪明人的意思，你将眼见着起火而不管吗？ 你将任凭工人、农民、村庄、财产被火灾所毁灭吗？ 呸！

一九七五年八月

钟亦成被再次遣送到农村"就地消化"已经又有五年了。 下乡，劳动，和农民们共同吃一口铁锅里贴出来的饼子，这对钟亦成不但没有什么困难，而且是在这动乱和颠倒的年月里使他得以正常地活下去的重要的精神支柱。 过去的事大致被冻结了。 有个别人问起来时，他淡淡地一笑说："那是上一辈子的事了。"二十多年来的坎坷，他的体型、神态、举止都有变化。 严酷的事实打开了他的眼睛，除去害怕肉体上的折磨以外，那种精神上负罪的感觉，已经完全没有了。 在农村，他学农、学医，而且悄悄地写了许多诗。 但是，不管他多么不愿意，不管他怎样努力抵抗，特别是在经过最后十年的再批判，或者像某些人残酷地说的"炒回锅肉"之后，他真的老了，虽然他内心里维护着自己的尊严，他在和旁人接触时，已经不自觉地习惯于一种赔着笑脸的谦卑的表情，说什么话，也都习惯于一种诚惶诚恐的音调，生活比愿望更强，岁月比青春更有力。 这又有什么可说的呢。

然而，他还保留着二十多年前的一个老习惯：关心国家大事。 他看起报、听起广播来往往忘记了吃饭。 透过谎言和高调的迷雾，他努力寻找关于祖国、关于世界的真实信息，并每每忧心如焚，夜不能寐……

一九七五年以来，他接连几次收到老魏的爱人的信，信上说老魏被株连到一个什么"二月兵变"的案子里，自一九六八年以后到外省坐了七年多监狱，最近才放出来。"他身患不治之症，他常常说起你而且非常想见你……"

钟亦成三次请假，好不容易获准在麦收以后给假十天。于是，八月份的一个下午，他出现在 P 城一间只有十二平方米的小房子里。

老魏面色灰白，他得的是血癌，这两天刚刚发作了几次，时而昏迷，时而清醒。 他见了钟亦成，枯瘦的脸上显出了一种安慰的表情。 他说：

"你总算赶上了。 在这个世界上，有件事始终挂在我的心上，就是关于你五七年的事……"

"过去的事了。"钟亦成的脸上显出了淡漠和宽厚的笑容。

"不，不能就这样错下去。 我希望你写一个申诉……"

"我活腻了吗？ 我才不找这个麻烦。"钟亦成仍然笑着。

"你少来这一套！"老魏发怒了，他闭上眼睛半天说不出话来。

"可这怎么可能呢？ 铁案如山，已经快二十年了。 光我自己的检讨就三十万字……"

"是的。"老魏用微弱的声音说，"我当时就反对划你的右派，但是宋明拿出了你自己的检讨。 真蠢！ 但是，不论是二十年的时间、三十万字的检讨和哪怕是三百万字的定案材料，只要是不公正，只要是不真实，那么哪怕确实是如三座大山，我们也要用愚公的精神把它挖掉。 人民信任我们，但是我们，我们却用夸大了的敌情，用太过分了的怀疑和不信任毒化着我们的生活，毒化着我们的国家的空气，毒化着那些真诚地爱我们、拥护我们的青年人的心……这真是一个大悲剧呀！ 你怨党吗，小钟？"

在这个问题上，钟亦成曾经充满了火热的希望。 从那个时候起，许多的黑夜和白天，许多的星期，许多的月，许多的年都过去了。 每过一天他就把希望埋得更深一点，最后，深得他自己都看不见了。 近年来，他更是筑起了厚厚的硬壳，他只表示低头认罪，至多表示到往者已矣、来者可追，表示对再谈它已经毫无兴味，正像木乃伊难以复活一样。 他已经死过不止一次了，他再不愿、也不敢认真地稍微思考一下五十年代的旧事，再不愿揭开这块已经结了钢板似的厚痂的创口。 他的这种心情和这种态度，甚至也骗了他自己，有时他自己也真心相信他已经对这件事再无兴趣、再无意见了。 这种心境使他既觉得心安也觉得恐怖。 然而今天，在行将离开人间的老上级的床边，当他听到近二十年来再没听到过的率真而信任的言语的时候，他哭了。 他说：

"不。 我只怨我自己，如果当时我自己脚跟站得稳一些，检查思想实事求是一点，也许本不至于如此。 而且，说实话，我要对您坦白地说，如果当时换一个地位，如果是让我负责批判宋明同志，我也决不会手软，事情也不见得比现在好多少……当时可真是指到哪里打到哪里，说什么信什么呀！ 至于您，我知道您其实几次想保护我……您想重新介绍我入党，也没能实现……现在还说什么呢，您最后连自己也没有能保护住……"

"我们这些人也可怜。"老魏断断续续地说，"说来归齐，我们太爱惜乌纱帽了。 如果当初在你们这些人的事情上我们敢于仗义执言，如果我们能更清醒一些，更负责一些，更重视事实而不是只重视上面的意图，如果我们丝毫不怕丢官，不怕挨棍子，挺身而出，也许本来可以早一点克服这种'左'的专横。 当一个人被宣布为'敌人'以后，我们似乎就再不必同情他，关心他，对他负什么责任……现在呢，报应了，我们自己也被宣布是走资派、黑帮，我们又成了'地、富、反、坏、右'的代理人，正像当年你们成了蒋介石的代理人一样……"

"您怎么能这样说，您能有什么责任……"

老魏困难地摇了摇头，示意钟亦成不要和他争辩。"在我主持城区区委工作的时候，"他继续说，"一开始全区只揭发批判了三个有右派言论的人。 但后来有了指标，全区应该揪出三十一点五个右派。 于是出现了强大的政治压力，最后，连我们也控制不住了，一共定了九十多个右派分子，株连处分的就更多。 大部分是错的。 这件事不办，我死不瞑目。我已经给党写了报告……总有一天，你将可以将它连同你的申诉一起交给党……我有责任。 作为一个郑重的党，作为一个郑重的党的一分子，我们必须在人民面前把责任承担起来……但我也骄傲，看，人民是多么拥戴我们，即使那些受了委屈的同志，他们仍然一心向着党。 古今中外，任何别的党能赢得这样多、这样深的人心吗？ 这是一个伟大的党，这是一个很好的党，这是一个为中国人民做了远远更多得多的好事的党。 虽然即使是这样的党也会犯错误，但我仍然觉得一辈子没有白活……不要记恨我们的亲爱的党吧……"

他的声音愈来愈微细了，终于，他的心脏停止了跳动。他的妻子跪下了，伏在了他的身上。

钟亦成摘下了帽子，露出了早白的头发，他肃立着，默默地垂下了头——

致以布礼！

钟亦成怀里揣着老魏写的报告，像揣着一团火。 有了这个报告，叫人更难安生，更难苟活了。 他将再也无法将错就错地闭上眼睛，听凭命运的摆布了。 但他又能怎么样呢？去做一些事，这是困难的和无效的；去强迫自己不做什么，只是熬着、等着、盼望着，这就更痛苦了。 时间在一分钟一分钟、一秒钟一秒钟地流逝，头发和胡须在一根一根地变白，一九五七年过去是一九五八年，从一九五七年到一九五八年就有三百六十五天，然后是六十年代，然后现在已经是一九七五年了，多少个三百六十五天已经过去了，还有三百六十六天的年份呢。

他把老魏的报告给凌雪看，不加什么评论，而只是说："要想个办法藏好。千万不能让别人知道。"

然而凌雪提高了声音："对于那一年的事，我从来就没有承认过。到底谁才是真正的共产党员，到底谁有罪，还需要历史来做结论呢！"

"至少组织上是开除了嘛，至少你已经十八年没有交党费了嘛。"

"我不信。我们被扣的那些工资，难道不是党费吗？我们的眼泪和汗水，我们的青春，难道不是党费吗？"

有什么办法呢？女性的执拗……

凌雪又说："既然物质不灭和能量守恒的法则对于整个宇宙、对于全部自然界都是适用的，那么，我常想，在社会生活当中，在政治生活当中，不灭和守恒的伟大法则究竟意味着什么呢？事实真相和良心，这难道是能够掩盖、能够消灭的吗？人民的愿望，正义的信念，忠诚，难道是能够削弱、能够不守恒的吗？"

"然而这法则起作用似乎起得太慢了……"钟亦成摆摆手。

"冬天之后一定是春天，三角形的三个内角之和是一百八十度。不会更长或是更短，更多或是更少。我想，当谎言和高调、讹诈和中伤过多地放在历史的天平的一端的时候，就会发生倾斜，事情就会得到扭转……"

"我当然也相信这一点，所以，我不止一次写信对你说，如果我死了，只可能是被害，却绝不会是自杀……然而我们还要好好地活下去，因为在我们党内，还有许多老魏这样的人。"

一九五九年十一月二十七日

然而，他没有死，他活了，恍惚中，有一只温暖的、精心护理的手，给他喂食，给他饮水，给他翻身，帮他解手。只是他看不见，也说不出话来。不过，他的心里愈来愈明白。

于是，在三位审问者走了之后的第三天，他缓缓地睁开了眼睛，在一片褐黑色的云雾之中，他看到了一个穿着白衣服、戴着白帽子的护士，这护士的背影好像在哪里见过似的。

"护士同志！"他轻轻叫了一声。

护士走过来了，护士把脸凑近了他，他惊叫起来："凌雪！"

凌雪把食指竖在嘴边，示意他不要说话。她告诉他，是区委书记老魏通知她前来护理钟亦成的。她告诉他，老魏知道了这里的情况，并在前一天亲自来看他来了。由于他还在昏迷，没有惊动他。许多的农民、许多的筑路工人都为他鸣不平，他们向老魏提出要求，要表扬他，要奖励他。 老魏告诉凌雪，他准备回区委后在常委会议上提出提前给钟亦成摘帽子与重新发展他入党的问题。

老四扶着他的爷爷来了。 挂着拐杖的贫农老大妈来了。 许多筑路工人也来了。 他们带来了鸡蛋、水果、花生、板栗、蜂蜜……"我们都知道了，你是好人。"他们说。 这就是钟亦成受到的人民的最大的褒奖。

"然而，做一个好人太难了。"他说，"救人这件事打开了我的眼睛，使我知道我的处境有多么险恶……"

"但同样这件事，不也带来了希望么？"凌雪说，"总有一天，我们的忠诚将得到党的认可。 虽然，很可能我们的面前还有数不清的考验，很可能还有许许多多意想不到的打击落在我们的头上，很可能通向这一天的道路还十分、十分漫长。 然而，这一天是会来的，总有这一天！"

一九七九年一月

这一天终于来了！

尽管岁月是无情的，尽管在岁月后面还有比岁月更无情的试炼，尽管钟亦成已经花白了头发而凌雪也已经并不年轻，尽管他们夫妻十分冷静地接受了平反昭雪、恢复党籍的书面结论，就像接受四季的转换和三角形三个内角和的值一样平静，但是，从 P 城的党的机关走出来以后，他们不约而同地手拉手走上了钟鼓楼。 在这个楼顶上，可以鸟瞰全城，可以看到城郊的山、水和田，更可以目送直达北京的特快列车开出车站，在山水之间飞驰。

他们不约而同地把目光集中到正在飞奔的火车上去了。在白雪覆盖的大地上，火车像一条热气腾腾的黑色的龙。他们的心正随着这火车向北京奔去。他们站了老半天，看了老半天，没有说话。但他们心里的语言是相通的和共同的，他们心里的声音是可以听得到的。他们流着热泪说：

"多么好的国家，多么好的党！即使谎言和诬陷成山，我们党的愚公们可以一铁锨一铁锨地把这山挖光。即使污水和冤屈如海，我们党的精卫们可以一块石一块石地把这海填平。尽管'布礼'这个名词已经逐渐从我们的书信和口头消失，尽管人们一般已经不用、已经忘记了这个包含着一个外来语的字头的词汇，但是，请允许我们再用一次这个词吧：向党中央的同志致以布礼！向全国的共产党员同志致以布礼！向全世界的真正的康姆尼斯特——共产党人致以布礼！

"二十多年的时间并没有白过，二十多年的学费并没有白交。当我们再次理直气壮地向党的战士致以布尔什维克的战斗的敬礼的时候，我们已经不是孩子了，我们已经深沉得多、老练得多了，我们懂得了忧患和艰难，我们更懂得了战胜这种忧患和艰难的喜悦和价值。而且，我们的国家，我们的人民，我们的伟大的、光荣的、正确的党也都深沉得多，老练得多，无可估量地成熟和聪明得多了。被革命的路上的荆棘吓倒的是孬种，闭眼不看这荆棘，甚至不准别人看到这荆棘的则是自欺欺人或是别有居心。 任何力量都不能妨碍我们沿着让不灭的事实恢复本来面目、让守恒的信念大放光辉的道路走向前去。

"团结起来到明天,英特纳雄耐尔就一定要实现!"

1979 年 6 月

一

据说，每个人都有自己的一颗星星，这颗星在高天、在深夜、在黎明时候向着你微笑，向着你眨眼，向着你发射并接受你所发射的电波，和你一起饱尝忧患、痛苦、犹豫、欢欣、幸福和解脱。而当你阖眼离去的时候，这颗星星就会划破夜空，穿过大气，炽热、燃烧、发光、耀眼、飘然陨落。

茫茫的天空啊，哪一颗星才是属于我的呢？红的？黄的？蓝的？明的？暗的？闪烁的？沉寂的？汇集在银河里的？被乌云遮盖着的？

据说，每个男孩子都有自己的姑娘，而每个姑娘都有自己的男孩子。从襁褓里，你们实际上已经相依为命，互通声息。虽然你们相隔万里，虽然你们各自有着自己的运行轨道，但是你们不是已经多次在梦里、诗里、哭里、笑里、歌曲里、小说里、书和日记本里相会过吗？其实她（他）一直没有离开你！你们的相会便是证据。不论你们是一见钟情还是两小无猜，不论你们最初是无心还是有意，是纯洁的友谊还是火一样的爱恋，也不论此后命运将怎样折磨你们、考验你们和抚慰你们，你终将会明白，只是因为有了她（他），你才成了你。 只是因为有了你，他（她）才成了他（她）自己。

茫茫的人海呀，亲爱的姑娘你在哪里？ 你是像百合花一样纯洁么？ 你是像野鹿一样伶俐么？ 你是像山间的小溪一样清澈见底，还是像河岸的篝火一样炽热？

你在哪里等着我呢？ 在渔船上打鱼？ 在矿井里采矿？ 在荒山野岭里勘查？ 在国外的舞台上演出？ 还是在敌后，你们所在的那个城市还没有解放，国民党反动派正进行疯狂的搜捕？ 等待着我吧，让我的爱情永远护佑着你！

是的，每个人都有自己的星，自己的爱，自己的歌曲和乐章，自己的树，自己的时辰和自己的城市。 还有自己的年龄，正是在这个年龄，你突然发现了，或者重新发现了星、爱人、诗篇与乐章、花草树木、城市和乡村的生活、世界和你自己。

二

那时候我们是多么年轻啊，我们快乐而自由，庄严而又诚笃。 正像一首苏联电影歌曲所唱的：

> 唱一个歌吧，快乐的风啊，
>
> 快乐的风啊，快乐的风啊，

歌随着风吹遍了海洋和山岭，

全世界的人们都同我们一起唱。

　　如果当青春在你的身上觉醒的时候，也就是说照镜子的时候你看到了出现在你唇边的第一圈小黑胡子，而你上臂的紧的肌肉像小耗子一样地移来窜去，并且当丁香花开放的时候你愿意多看它一眼，当大雨泻地的时候你感到了前所未有的清新，而且你买了你生平的第一把梳子，试图去调理一下你那马鬃似的头发……是的，如果当青春到来，打开了你的眼睛使你眼界大开，打开了你的心灵使你愿意拥抱这整个的世界的时候正逢革命的高潮、革命的胜利、革命的凯歌行进，正逢衰老的祖国突然恢复了青春，正逢已经霉锈和停摆了的钟表突然按照每秒钟三千转的速度加速旋转，那么，我敢说，从周口店的北京猿人到亿万斯年以后可以轻易地离开我们的小小的地球，到别的星系、别的空间去做客的未来人，在这无数个一代又一代人中间，你是幸福的一代！ 你是令人——前人和后人羡慕的一代！ 你的人生是骄傲的，饱满的和没有遗憾的。

三

　　我们的青春是和我们的共和国的第一面五星红旗一起升起在天安门广场的蓝天之上的。"我们万众一心，冒着敌人的炮火前进！ 前进！ 前进！ 进！”铜管乐队奏出的悲壮的国歌使全广场的一半人落了泪。 大概是由于第一次组织这样大规模的集会吧，那一天我在广场执行任务整整七个小时。 有许多工人、干部、学生、解放军战士，会前四个小时就到了广场，在指定地点等待，而会后离去也用了两个多小时。 说实在的，我们根本无法看清毛主席、朱德、刘少奇、宋庆龄和周总理，我们也没有听清毛主席的湖南味儿非常重的讲话。 我不知道广场上放了十几个还是几十个高音喇叭，与你距离不等的喇叭传来的声音不是同时到达你的耳鼓传导到你的中枢神经上的，你听到的声音是接踵而来的一串，像是一台大规模的轮唱，“中华中华中华中华中华……国国国国国……”当毛主席说到“中华人民共和国”，你听到耳朵里的时候便是上述那个样子，当然也有人听成了“人民人民人民……共和共和……”然而，我们已经用我们的全部器官和心智、头脑和感觉，倾听和感受了毛主席的那一句话：中国人民站起来了！ 站起来了，站起来了，站起来了，一直到今天，到二十世纪的八十年代，这带着湖南腔的拉长了声音的“站起来了”，四个字仍然在大气层和外层空间回响，一声跟着一声，像连珠炮似的发射着的火箭，永无止息。

请原谅我的不逊。 当礼炮轰鸣，当铜管乐队奏起《义勇军进行曲》，当美丽的五星红旗升起，我想到，这面旗帜是千万先烈和亿万人的共同努力才使它飘扬起来的，而其中就有我。 一个十七岁的孩子的也许是太微小的力量，不管多么小，它不是零，它大于零，与零相比它是无限大。我完全有理由、有资格、有权利说，这是我的旗帜，这是我的祖国，我的党，我的军队，我的胜利。

我名叫周克，原名周耀祖，一九四八年四月一日到河北省泊镇解放区就改掉了那个封建冬烘的名字，而换上了这个带点"洋"味儿的新式的名字。我敢保证，到了解放区把自己的名字改成"克"的男同志就和"文化大革命"中起名叫作"红"的女孩子一样多。我觉得这个"克"字还有苏联十月革命和卫国战争的影响，虽然我并不知道有哪个早期的苏联革命家名叫什么什么克，到解放区的时候我只知道苏联有个地名是"斯摩棱斯克"。噢，我真糊涂，我们的众多的"克"当然不是来自"斯摩棱斯克"，而是来自一个闪电惊雷一样的名词——布尔什维克！

日本投降的那一年我十三岁，刚刚完成了初中一年级的学业，由于思想左倾，立即参加了反美反蒋的革命的学生运动。当时叫"学潮"，确实是潮水一样的波澜壮阔，势不可当。十四岁，我参加了党领导的青年外围组织。十六岁，高中一年级，在竞选中我以压倒优势击败了对手——由学生中的国民党特务和走狗、由三青团员们提出的候选人，当选为学生自治会主席。我所领导的自治会，立刻成了对国民党反动派与反动的学校当局进行合法斗争的战斗哨所。同年，我成为地下党的一个候补党员。在全国革命高潮的推动下，我和一些进步同学太激动了，和我单线联系的那位党的地下工作者也太激动了，他同意了我们排练解放区的一些文艺节目：《兄妹开荒》《十二把镰刀》《夫妻识字》，准备拿到学生自治会举办的周末联欢会上去演出，我也准备上台表演独唱《黄河颂》。结果，演出前一天学校被包围，十七位中学生被逮捕，我在同学们的掩护下冒死跳楼逃跑。经过党组织安排，我化装通过了封锁线，来到解放区，不久，成为华北人民革命大学的学生。

三个月的革命大学的课程，我觉得我已经掌握了人生、社会、宇宙、救国、救民的全部真理，星夜在广场上听大课，飞蛾和小虫围满了汽灯，最后灯都没法点燃了，就在月光和星光下扯着喉咙讲课。猴子变人，五种生产方式，新民主主义革命的三大法宝，生产力决定生产关系，遵义会议结束了王明路线，物质第一性精神第二性，矛盾统一律、质量互变律和否定之否定律，运动战的十大原则和共产党员的修养，所有这些最正确最科学最新鲜最有味、无坚不摧无攻不克无往不胜放之四海而皆准的革命道理，我就是在星月辉映的田野上全部吸收、全部接受、全部融化为我的热血、我的神经和我的呼吸的。我检讨了我的个人英雄主义、个人主义、自由主义、温情主义、虚荣心、片面性、盲动性、小资产阶级知识分子的罄竹难书的成千种劣根性，我成为一个真正的特殊材料制成的无产阶级先锋队的十七岁的战士，一个新的、绝非周耀祖的周克了。

还有另外两位"克"，他们也和我一样如饥似渴地学习着革命的道理，如火如荼地燃烧着战斗的火焰，当时在班上，我们是最积极的，在全校也是有名的三个"克"。我当然是"小克"了，但又有人说我有点"小老头"的劲儿，我很严肃，又爱思考，不论对自己的还是对别人的非无产阶级的思想念头、一言一行，我绝不放过。"大克"是金克，他来自天津的南开大学，入学时只是外围组织的成员，还不是党员。头发自然鬈曲，肩膀宽阔有力，所以，他的面孔虽然不漂亮（特别是那一双小三角眼），但整个的轮廓让人觉得挺帅，挺带劲。他喜欢文艺，班上的壁报是他负责办的。他最佩服季米特洛夫，他希望自己成为一个季米特洛夫式的坚强的、富有大智大勇的革命家。为了这，他结合写学习小结，认真地、痛苦地进行思想斗争，挖自己的错误思想的历史根源和阶级根源，彻夜不眠地写上厚厚的一沓子检查。在提高到原则高度进行分析方面，我常常与他交谈，我们互相帮助，似乎我帮助他要更多一些。他对我痛苦地承认，他忌妒过同班的另一个"克"——柳克被选为党支部委员。我立刻给他指出来，这不是一般的小资产阶级思想而是剥削阶级意识，地主、资产阶级的思想。这种思想如果不批狠批痛，彻底克服，就会被敌人所利用，最后使他变成革命的叛徒。他非常信服地听了我的话，羞愧和痛心使他两眼含泪，满脸通红，他紧紧握着我的手，感谢我对他的帮助与阶级友爱。而在他毕业前夕被通过入党的时候，我也兴奋得流出了热泪。

我们当中年龄最大的"老克"是柳克，其实他只比金克大一岁，比我大四岁。他原来是保定南面一个县城的师范学校教员，高个儿，背微微有点驼，从一九四六年他就是地下党员了，他沉默寡言，说话慢条斯理，因此给人一种成熟、稳重、老练、可靠的印象。那时候在我们学校里，大家其实是信奉"说好话是银子，不说话是金子"这样一个西方箴言的。讷讷者比起叽里呱啦者，给上下左右的印象不知要好多少，"无产"多少。

那时候，我们之间是怎样的一种革命情谊、阶级友爱啊！马雅可夫斯基在一首诗里曾经写道：

> 公社
> 　　我的一切
> 　　　　都是
> 你的
> 　　除了
> 　　　　牙刷

而我们呢，连牙刷都可以共用一个，这不是做作，也不是笑话。八十年代的今天，当我们回忆起这些的时候，作为一个文明人，我们也许会感到生理的反感。但是，当时我们是怎样地忘掉了"小我"，唾弃了"小我"，就像一滴水珠，是怎样欢乐地汇合到了大洋里呀！我们厌恶一切种类的自私自利，津贴费和毛线背心，都可以不分彼此。把自己的钱、物给别人用和用别人的钱、物，比各人用各人自己的钱物有意义也有趣味得多！那时候我们每个月的津贴费折合到现今的钱，还不到六块钱！我们在财产上是贫困的，是一无所有的——这正是我们的骄傲，然而在精神上，在友爱上，我们感到了真正的富足。有一天柳克刚开始刷牙，"咔吧"，他的牙刷柄断了。我立刻把我用过的牙刷洗了洗，递给了他……平等，无私，天下为公，人人为我，我为人人，水滴融入大海，胸怀坦荡，将心比心，关心别人比关心自己为重，无事不可对人谈……所有这一些，都具有怎样奇异的吸引人、提高人、征服人的力量！它具有怎样奇妙的、绚丽辉煌的光彩！那时候并没有宣传学雷锋，但是，那时候到处都是雷锋，那是净化灵魂、塑造雷锋的年代呀！

四

革命大学毕业以后我被分配到公安部门工作。我为自己树立了一个榜样——捷尔任斯基，那是苏联十月革命以后"契卡"（肃反委员会）的负责人。在一些苏联小说里，我看到过对于契卡和捷尔任斯基的描写。

北京和平解放，我们三个"克"随着人民解放军的"平警"部队入了城。柳克担任了党务工作的一个重要部门的副处长，金克在报社当起了编辑。而我，便以小小的捷尔任斯

基式的热情投入了解放初期的繁忙的公安工作。 一九五〇年
四月，电车公司（那时候当然是有轨电车了）为五一节出车百
辆正干得热火朝天，结果，国民党特务一把火把电车场给烧
了，这是我们的工作没有做好呀，多么严重的教训！ 一九五
一年国庆前，意大利人李安东和日本人山口隆一计划在国庆
节时炮轰天安门城楼，他们罪恶的黑手还没有举起来，就被
我们的无产阶级专政的铁钳钳住了，真是漂亮的一仗！ 一九
五一年大张旗鼓的镇压反革命运动中，我们的铁拳击向了形
形色色的敌人——潜伏特务、汉奸、恶霸、土匪、还乡团、
血债累累的屠杀人民的刽子手……伸张正义，雷霆万钧！ 还
有刑事案件的侦破，还有群众保卫工作与节日保卫工作，还
有取缔一贯道、九宫道和打击披着宗教外衣的反革命分
子……解放初期的年头，我究竟睡过几个整觉，吃过几顿消
停饭呢？ 有一天深夜我去调查一个情况，等调查完了，天也
快亮了，我骑着一辆东德出品的钻石牌自行车往机关走，骑
在车上，我竟然睡着了，脚还在蹬，身子摇摇晃晃，大脑却
停止了活动，周围是一片褐黑色的虚空，耳边响起了一片轻
微的淅淅沥沥声，好像是蒙蒙的秋雨洒落在成堆的黄叶上。
摇摇晃晃，摇摇晃晃，刹那间我以为我是掉在水里呢，被浪
头举起来又冲下去。 怎么了，大浪……我睁开眼，砰，我摔
倒在路上。 幸好，黎明时分，街上没有什么车辆。 倒在地
上，摔疼了我的胯骨，但是，我也惊醒过来了，哈哈大笑，
觉得自己真有点"伟大"，精神也来了，疲劳也消失了，新

的一天也开始了。 而新的一天，等待着我这个小捷尔任斯基的是双倍于前一天的重要和繁忙的工作呀！

　　伟大的中华呀，自从黄河发源于青海的巴颜喀拉山北麓，自从黄帝轩辕氏驾着指南车在大雾中与作恶多端的蚩尤氏酣战，自从河出图，洛出书，文王演《周易》而孔丘修《春秋》，在你的漫长的、悠远的历史上，究竟有几遭像二十世纪五十年代初期那样，年轻有为，充溢活力，万众一心，蓬勃向上呢？ 解放军进城了，几天的时间便清除了大街小巷几年来积下的腐臭的垃圾；没有中断一分钟而是立即保证了电力供应，使常年被停电所苦的人民笑逐颜开；清理了交通，拆除了"剿匪"的"国军"在城市遍设的、象征着失败和灭亡的乌龟壳式的碉堡，修补了所有损坏的路面和桥梁。 然后，立即在东单广场修建各部的办公大楼和体育场（原来，国民党将领把那里修成机场，准备负隅顽抗）；立即疏浚三海并在什刹海建成了全市历史上第一个向市民开放的游泳池；新街口和交道口，这两个贫瘠萧条的地方也出现了崭新的电影院，而在那里放映的再不是《僵尸复活》或者《出水芙蓉》，而是《桥》《光芒万丈》《列宁在十月》与《攻克柏林》。 东郊的工业区、西郊的高等学校区像变魔术一样从无到有，每一个脚手架、每一台塔式起重机与混凝土搅拌机都在歌唱：

　　　　火车在飞奔，

　　车轮在歌唱，

　　装载着木材和食粮，

　　运到矿山和工厂，

　　我们要和时间赛跑！

　　我们要和时间赛跑！

　　而我们公安工作者，就像一面面强大的盾牌，保证着速度、效率、建设、赛跑，保证着中华民族的复兴，"东亚病夫"的崛起，中华人民共和国的旭日东升、大江出峡似的青春。

五

　　在和时间赛跑的兴奋之中，在繁忙的、紧张的、忘我的、狂热的工作、会议、思考、奔跑之中，在一个接着一个的战斗，用布尔什维克主义的精神改造世界和改造自己的非凡努力之中，在值班和简报，侦查和破获，党小组会和科务会议之中，我迎来了一九五一年，迎来了我生命的第十九个年头！

　　这是一个发现世界与发现自己的年岁！这是一个在迅跑当中忽而向世界投去热情的一瞥的年岁！这是一个一下子把所有的爱，所有的情，所有的诗，所有的歌，所有的花朵，流水，绿树，雄鹰，鲸鱼，白帆，神话和眼泪都集中到自己的心里、脑里、每一粒细胞里的年岁！

我宁可不要所有的光荣、幸福、财富，我要十九岁！

那天有事到报社去，金克留住了我。一九五一年，我们还是供给制，金克却已经是薪金制了，他成了我心目中的"老财"，每次见面都要共一共他的产。他请我吃了卤煮火烧，酱肝卤鸡，又要我到他的房间里欣赏音乐。他买了一个半新的东洋造留声机。到今天我仍然能记起那机子的天蓝色的外壳，那是不是一层漆布呢？有一股淡淡的腻子的气味。打开盖，菊花瓣一样的唱机头闪闪发光。我们先听了郭兰英唱的《东北风》和《绣金匾》，又听了《红绸舞曲》与《西藏舞曲》——"我们来庆贺呀，你们来庆贺呀"。然后，他拿来了从国际书店买来的苏联唱片，头一个听的是聂恰耶夫演唱的《列宁山》。这时天已经黑了，我们拉开了灯，我听得高兴极了，这些歌都是我熟悉的。我看了看他的表，我还可以再逗留二十分钟。我说："给我听一段最好的音乐吧！"

"最好的？"金克想了一下，他的眉毛向上微微一挑，小小的、有点三角形的眼睛里放出了奇异的、似乎透露了心灵的什么秘密的光。他搬开那些不要的堆在上面的唱片，拿起了一张比一般唱片要大的唱片，黑黑的纹面闪耀着灯光，圆心说明部分不是红色而是蓝色的，他把它放在唱盘上，唱片比唱盘还要大出一圈来，他说："你一定知道这个调。"他小心翼翼地换了唱针，轻轻地把机头放在了唱片的边缘，传出了轻微的"沙沙"声。

我至今说不清楚，这四把提琴的声音是怎样钻进我的心里去的。 我总觉得它们并没有经过我的耳朵，没有经过空气振动、耳膜、听觉神经、大脑这样一个呆板机械、漫长复杂的过程。 不知不觉，从第一声起，我的灵魂就沐浴在、融合在那从容宁静的弦乐里了。 甚至那也不是音乐，不是声音，不是小提琴和中音提琴，更不是留声机和唱片，那是另一个弥漫在宇宙中的灵魂，她欲说还休，轻柔克制，不慌不忙，杳无形迹地在向你问候，与你低语，她在抚慰着匆忙的、辛劳的、严峻的、也许可以说是粗暴的你的额头。

门"吱"的一声响了，我根本没有注意，我好像连呼吸都停止了，只是在体验着、共鸣着、感受着，我不知道我是谁，我也不知道我在做什么，我也不知道我是在什么地方。

等到音乐完了的时候我才注意到，我们的屋子里出现了第三个人：那是和我们都有一面之交的萧铃，养蜂夹道女子中学的团总支书记，由于我在公安局里兼任团支部的工作，我们在新民主主义青年团（那时候还没有叫共青团呢！）的会议上见过面。 她自我介绍的时候，特别强调她的名字是铃铛的铃，而不是侧玉旁的"玲"。 这也给我留下了印象。 她穿着一件洁白的衬衫，两条宽宽的带子搭在肩上的蓝色的裙子。 当时，我们管这种女学生的装束叫作"卓娅服"。 我们看过电影《丹娘》，我们都熟悉和敬爱这位英勇的共青团员，电影里，中学时代的卓娅，穿的就是这种服装。 萧铃的头发，却不像卓娅剪得那么短，而是圆圆的，包住了整个的头颅的短发，只是在右侧用一截天蓝色的毛线绳扎起了一绺。 她的身材适中，孩子气的圆脸上那个庄严的鼻子和饱满的小嘴给人留下特别亲切的印象。 衬衫的白领翻开来，露出了她瘦削的脖子和尖尖的锁骨，更使你觉得她是那样圣洁、质朴。 她向我们笑了一下，那是真正同志式的，比亲人还亲的最善良也最信赖的笑，她说："我送完了稿子，从这里走过。 这音乐太好听了，我就进来了。 这是什么音乐?"

这样熟悉的旋律她竟然不知道，霎时我都有点看不起她了。 但是，不，正规地说，这究竟是什么歌呢? 上初中的时候音乐老师教我们唱过一首这样的歌：

> 青的绿草地上，
> 傍晚是谁走来?
> 慢步无声，
> 身穿灰衣徘徊。
> …………

当时老师就说，这是柴可夫斯基的一个曲子，歌词是中国人后配上去的。 我只记得，这个歌儿的节奏变了好几次，一会儿一个 $\frac{5}{4}$ 的音符，好别扭呀，但唱起来却很自然，这也是怪事。 但是，我能告诉萧铃什么呢? 我能告诉她这是

《睡之歌》《梦之歌》或者这是《青的绿草地上》吗?

"再听一遍吧,再听一遍!"我不礼貌地转过了头,向金克说。 我有点恼羞成怒,因为我也说不清这首乐曲的名称。 弦乐又响起来了,我关上了灯,屋里并没有完全黑,仍然有各种各样的亮光透进屋里。 真是奇怪,熄灯以后,同样的音乐怎么显得这样强大了呢! 这是一种征服一切的音乐,我战栗了,我的战栗正像琴弦的战栗一样,发出的是同样强大的音响。

"第一弦乐四重奏第二乐章,柴可夫斯基作曲,这个乐章一般被称为《如歌的行板》。"

金克说,并没有专门对着萧铃。 他的声音为什么变了?那样低沉,那样徐缓,也是徐缓如歌,如歌的行板。

黑暗和微光中,行板如歌中,我们三个人都笑了。

六

多咪咪多发咪,来拉梭来多梭……

一粒什么样的种子,在我心灵的一个不被注意的小角落,悄悄地发芽……

十九岁! 十九岁! 十九岁! 青春! 青春! 青春!

即使我为了任务,为了赶路而疾驰如飞,我还是要时而停下来,看看北京城,看看夏天的槐树,看看故宫的角楼、紫禁城的墙脚下和砖缝里长出的许多青草。 一队队穿着和萧铃一样的白衬衫、系着红领巾的少先队员打着星星火炬的旗帜走过，蓝天上有白鸽飞翔，我想起毕加索画的和平鸽和保卫和平的签名，我想起那首歌：《王大妈要和平》……

即使我为了任务，为了斗争在节假日加班加点，早晨睁开眼的时候我还是要多听一耳朵小鸟的啁啾。"又是假日了。"我这样想而且觉得心波荡漾，又有多少中学生到北海去划船呢？又有多少大学生到颐和园内的谐趣园去欣赏曲廊圆荷，白桥绿树，青蛙黄鸟？又有多少个音乐会、联欢会、茶话会在举行，欢声笑语，歌舞匆匆？但那不是我的，那还不是我的。也许人们会了解我吧，会了解我们吧？我们从小就那么严肃，我们没有童年和少年，腐败的旧中国、万恶的国民党剥夺了我们的童年和少年，在别的孩子爬树上房、摸鱼打鸟的年纪，我就已经是一个忧国忧民、牺牲自我的革命者了。这是我的光荣，也是——能不能这样说呢？这样说是不是小资产阶级的呢——我的痛苦。

即使为了破案，为了打击敌人而开夜车到深夜，即使我的生活里已经充满了战斗的激情，冷静的筹划，反复的较量，我还是要在睡前看一看布满繁星的天空。无端的遐想，朦胧的愿望，纷乱的感受就像这满天的照耀你的星斗，就像这被星斗击穿了的广大的天空。难道我能够相信地球只是这繁星当中一个不起眼的、小小的、只知道机械刻板地自转着和公转着的石头一样的冷酷和沉默的球儿吗？难道我能够相信，所有这些看着我，看着我们，看着地上的战斗和生活的发光的小家伙都是一些没有生命、没有头脑的庞然大物，自顾自地、毫厘不差地在它们的轨道上做着那毫无用意的运行、燃烧、裂变、沉寂、冷却而最终趋于消亡吗？ 为了什么，为了什么呢？ 我看到了这一切，感知了这一切，虚无缥缈……

充实中有虚无缥缈，飞驰中有暂停，挥汗如雨中有漫游者的潇洒，酣战中有向着花朵的微笑，地覆天翻中有万古长青、兼收并蓄的生活、青春、十九岁，多咪咪多发咪……

这是罪过吗？ 这是恶？ 这是"灵魂深处的小资产阶级的王国"？ 这是非革命的，与革命毫不相干的，甚至妨碍革命的吗？

来拉梭来多梭……

不，不会是这样的。 革命的目的是把人民，把人的心灵、生活从奴役、偏见和愚昧中解放出来。 加班加点者有权休息，务实者有权遐想，解放了的、摆脱了剥削压迫欺凌的人们才能懂得那弦乐四重奏第二乐章的纯洁与美丽。

我干脆把那留声机和那唱片从金克那里要过来了，让那个"老财"再去买一套吧，金克二话没说就把东西给了我。只是在我的单身宿舍里，在夜晚，当我关掉灯，谛听那《如歌的行板》的时候，我才想起金克，并且对着本属于他的、在黑暗中发着光、上上下下地起伏着的唱机头小声说："谢谢，大克！"而且我想起了萧铃，想起了她那饱满的嘴唇和轻信的笑容。 那天在金克房间里，听这个行板听得她流出了泪。 她说："真不知道世界上有这么好的……"她的话没有说完，不知道她是说这么好的音乐，这么好的音乐家，这么好的唱片，还是这么好的留声机？

我读过高尔基的《忆列宁》，列宁听了贝多芬的《热情奏鸣曲》以后曾经说过一段话，列宁的感想和萧铃这个女孩子的感想也许差不多？

不知道萧铃有多大了，看样子她也许并不比我小许多。然而，我是以一种成人看待孩子的眼光看待她的。我们的习惯是看一个人要看党龄而不是看年龄。我已经是一个老干部、老公安工作者、老布尔什维克了，而她，还在上中学、坐在小小的课桌前抄笔记呢。

她听得到吗？当我放起多咪咪多发咪的时候，她在做什么？上晚自习？开团总支委员会？到锅炉房去倒一杯开水？在盥洗室洗手绢？她听得到吗？

每当听这个唱片的时候，我便想起金克，想起萧铃，想起许多好的人和好的事。当然，我也想起柳克，想起他的断了半截的牙刷和我们一起学习的《论共产党员的修养》。我还常常想起我的母亲，在我的幼年，她因病故去，她现在在天上？在那星与星之间不发光的夜空里？小时候我摔过一个跤，头上肿起了老大的一个包，母亲揉着包，往我的头上吹气。母亲口中的气吹到我的额头上，果然，额头不疼了。

七

"我觉得你的感情不够健康，听音乐就听音乐吧，为什么把灯熄了呢？"

"我觉得你应该对自己要求得更加严格，彻底改造掉小资产阶级的情调。"

"你可以想想，如果是一个血统产业工人，或者是杨白劳那样的贫农，他们会这样听音乐吗？"

"柴可夫斯基是什么人呢？ 他是旧俄的一位音乐家，他不是无产阶级，他不是工、农、兵。"

"而且我觉得周克有时候有点精神恍惚，不够专心，那次，他把简报上的人名弄错了……"

在党小组会上，同志们对我提出了这样一些批评。 我低着头，红着脸，往小本上记录着这些批评的意见，虚心接受，虚心接受！

这是多么令人懊恼呀，你犯了错误，你弄不清这到底是什么错误，反正你做错了，你弄糟了一些事情，你惹得你所亲近、你所敬爱的一些同志、战友对你不满，有些人甚至很生气，他们都爱你，关心你，愿意帮助你，然而你出了纰漏，你叫人失望了。 而这一切，恰恰发生在你觉得生活是这样的可爱，人们是这样的可爱，好人是这样的多和这样的好，因此你下决心拼命做好一切应做的事情、下决心用你的行为来使生活从美好变得更美好，使好人高兴、满意，使你脸上增光，使你不负疚于关心你的战友和同志的时候！恰恰发生在你恨不得把自己的心掏出来，献给党，献给光明正义的事业，献给你的同志们的时候！

好比是当头一棒！

第二天中午，柳克来了。我们已经有一年多没有见了，都忙，然而我总是觉得我们心连着心，并肩战斗，虽然是在不同的岗位上。这就是生活在社会主义国家最大的快乐，你和他都不是孤立的。入城以来，他变得更加沉稳和成熟了，朴素的布料衣服一尘不染，连每个衣扣的四个孔的排列也都是整齐的，缝扣子的线纹，是互相平行的。他稍稍胖了一点，脸孔显得方正，微驼的背显得谦逊，有涵养，厚嘴唇显得诚实、可靠。见面就是正题，他问我："工作得可好？思想修养也有进步吧？"

我把头一天晚上在党小组会上所受到的批评告诉他了。

他点点头，放低声音，劝告我说："你要注意呀，小克！这不是一个理论的问题，而是一个情感的问题，从小资产阶级的知识分子，变成真正的工农大众，大众化的感情，大众化的爱好，这是一个痛苦的、长期的过程。这又是一个本能的问题。"看到我脸上疑惑不解的神色，他解释说，"就是说阶级本能啊，屁股坐到什么地方啊，要用我们的鼻子闻一闻，这是一股什么气味呢？资产阶级的腐蚀，可是无孔不入的呀！要警惕呀！人是会变的，革命的，也会变成不革命的，反革命的呀……"

我惶惑了，连柳克也是这样说了，而且问题提得更加尖锐，这刺痛了我。为什么，凭什么，我究竟怎么了？他们即使没有上过音乐课，不知道俄国有个柴可夫斯基，也不喜欢大提琴、中音提琴和小提琴也罢，但是他们难道不知道中央人民广播电台和北京人民广播电台吗？那难道不是中共中央和中共北京市委所领导的电台吗？那两个电台三套不同的广播节目，不是都播送过贝多芬和莫扎特、舒曼和舒伯特、莫索尔斯基和柴可夫斯基的作品吗？不是也播放过第一弦乐四重奏的第二乐章吗？不是还播放过什么《悲怆交响乐》《梦幻曲》《风流寡妇圆舞曲》吗？这些曲子的名目，不是更加小资产乃至大资产吗？我只不过是没有更多的时间去仔细地听它们就是了。有时候我边吃饭边听音乐，有时候我睡前、睡意蒙眬中听到了对面的楼房里传出来的音乐，有时候我骑自行车经过交通电料器材门市部听到里面试放的音乐，这又怎么会不革命、反革命呢？

但我努力控制自己，说服自己。不管怎么说，这不是工农大众的感情，工农大众的趣味。而且，我的那些遐想，我的那些在生活中漫游的体验里包含着神秘、脆弱、多感，再下去就会是伤感，而这不正是知识分子的空虚性、动摇性的表现吗？无产阶级，永远是光明的、乐观的、坚强的、确定的，不论何时何地何事，即使在告别人世的时候，他们对事业的未来也充满了自信。生活的意义是斗争，斗争的意义是胜利，从胜利走向胜利，失去的是锁链而得到的是全世界……难道我不应该锻炼自己，使自己成为一个磐石一样坚定、钢铁一样强固、火炬一样熊熊燃烧的人吗？ 多愁善感，无病呻吟，故作高深，故作多情，这与无产阶级究竟有什么共同之处呢？

刺痛了，这说明打中了要害，这正是我转变、进步、改造的重要的契机。

"对。"我终于诚心诚意地低下了头。

"加油吧。"柳克拍着我的肩膀，"你这样年轻，应该进步得更快一些！"然后他告诉我，这个星期六他结婚，她是一个烈士的女儿，他当处长的那个处的一个干事，"表现很好，是个不错的同志。"他介绍他的未婚妻说。

我跳起来向他祝贺，他笑着止住了我："个人问题嘛，解决了就对了，我们没有那么多恋爱呀，情书呀，好了呀，坏了呀，变着法儿折磨对方。"他挥挥手，然后问起我学习《联共(布)党史简明教程》的心得。

八

这天晚上会散得早，当我从会议室里走出来的时候正碰上两位客人来找我，他们一个是金克，一个是萧铃。 看到他们两个在一起，我心头一动。 萧铃仍然穿着那一套"卓娅服"，然而系起那一绺头发的不是毛线绳，而是一截杏黄色

的丝带，显得更加俏皮。 见面以后，她先说："我去找金克
同志听唱片，他说，在你这儿。 恰好，我正要到你们局借民
警制服，七一的时候我们的学生剧团要演一个话剧，剧里有
一个角色是人民警察。 我就请金克同志陪我到这里来了。
周克同志，可以借我们一套制服吗？ 我带着介绍信
呢！ ……"

"当然可以喽！"我立即替她办好了借制服的事，然后请
他们来到我的宿舍。 我是没有喝茶的习惯的，有买茶的钱我
宁可买冰棍，屋里没有茶叶，这使我觉得有点对不起萧铃。
幸好，还有几块冰糖，是前几天我因为哑嗓子而买来吃着
"去火"用的。 我给他们各倒了一杯冰糖开水，问起学校里
的课程和工作。

萧铃说："这次的七一庆祝会上，我们要进行一个动员，
从此以后，我们的主要任务要从民主改革转移到课堂教学上
去。 学生的主要任务是上学，我也要抠一抠数理化了，再也
不开那么多会，做那么多社会工作了。"

我点点头，想起了毛主席在《论人民民主专政》中的一
句话：严重的经济建设任务摆在我们面前。 我们熟悉的东西
有些快要闲起来了，我们不熟悉的东西正在强迫我们去做。
我感到了历史的脚步在前进，但我又感到有点留恋，有点不
安，快要闲起来了，抠数理化，这对于我们，究竟意味着什
么呢？

"来，给我们放唱片吧，别忘了我们是来听音乐的呀！"

见我沉默不语，萧铃说。很难分清她是在说话还是在微笑，她是一个话里有笑、笑里有话的人。如果她对你说话，那就等于对你微笑。

"可是，不过，这……那……"我嗫嚅而且尴尬，不知为什么，经过思想斗争好不容易想通了和接受了的那些道理，我却无法用我自己的嘴讲给萧铃和金克听。他们追问我是怎么回事，我结结巴巴，嘴里含着热茄子，终于把在党小组会上所受到的批评和柳克对我的帮助给他们讲了一遍，讲得那样艰难痛苦，真好像牵着一匹骆驼穿过针眼。

金克深深地皱起了眉头。萧铃却开心地笑了，她提高了声音说："什么乱七八糟的！好听的音乐，就爱听嘛，这是当然的喽。哪儿那么多毛病！"她笑的时候眼睛眯起来了，嘴角咧开了，脸上还出现了一些细小的皱纹，真是孩子一样简单的头脑，孩子一样天真的笑容啊！她未免太不懂事了吧。

"这简直是愚蠢！"金克却激动起来，他激动的样子使我想起他在革命大学学习的时候是怎样激动地检查自己的思想。他站起来，做着手势说："他们的意见与马列主义是毫无共同之处的，列宁在《共青团的任务》一书里是怎么样教导我们的？马克思和恩格斯又是怎么样对待人类的文化遗产、怎么样对待艺术的？马克思称赞古典的艺术永恒的魅力，这难道是小资产么？胡扯！现在我们面临的任务是建设，建设新生活，培养全面发展的新人。他们却像斯大林说的那样，只要人们去进行'骑兵式的冲锋'。他们的精神状态停留在供给制、游击队、军事共产主义上，这样下去，他们就会落后于生活，成为生活的绊脚石……而新与旧的斗争，正是新社会的主要矛盾……"

"不要给我们讲社论了。"萧铃向他请求说。然后，她打开了唱机，装上了摇把，开始上发条。

"我不喜欢柳克同志的这种枯燥、教条、精神贫乏和自以为是！尽管我们曾经有过很好的友谊，但是时代变了，光凭他的资格，光凭他战争年代的那些优点：听话、踏实、说一不二、艰苦朴素……是建设不起新生活来的。你看过那个话剧《曙光照耀着莫斯科》吗？还有电影《幸福的生活》，柳克同志的思想水平，实际还不如那个保守落后的集体农庄主席吴雅……"金克说。

多咪咪多发咪——提琴响了。

金克把声音压得更低了："你读过加里宁的《论共产主义教育》吧，那上面也讲得很好……"

来梭梭多发咪——开始了变奏和延伸。萧铃用左手的食指点了点自己的嘴，示意我们不要说话。然而，我已经听不出多少味儿来了，而且，我相信金克也没有听好。他为什么那样激动？为什么那样激烈地抨击柳克同志？我本以为，我们三个克还会像三年前一样团结友爱、亲密无间呢。大克和老克，谁的对？老克的道理好像更实在，而大克的道理似乎更充分，旁征博引，但是引的都是苏联的情况啊，我们毕竟是中国……

咪梭拉多，梭拉多咪，西多咪梭……

提琴的声音盘旋着向高处攀登，萧铃的样子就像随着声音飞旋而上一样。她完全没有听到我们的谈话，那使我们两个困扰的事情对她几乎是毫无影响。音乐止息了，萧铃长出了一口气，好像才从那紧张的攀登当中歇息下来。"好听极了！谢谢！"她说，然后她走了，她要金克留下多坐一会儿。然而她走了以后，金克也是心神不定的了。我建议什么时候找柳克一起谈一谈，金克笑了，他说："有机会就谈吧，又不是什么大不了的事。"

这天晚上我睡得很不好，虽然不是什么大不了的事，然而，我们的友谊似乎发生了裂痕，而且，到这一天为止，我始终认为在共产党人中间，在无产阶级的革命同志之间存在着的单一的、确定的、明朗的观点和道理，似乎也发生了一点点裂痕。谁是？谁非？谁革命？谁不革命？我判断不出来，而且好像也不应该做这样的判断。那么，世界上难道可以有两个真理？共产党人和革命同志，难道可以各执己见，各行其是？党小组会上的诚恳而尖锐的批评难道可以不理不睬？而柴可夫斯基的弦乐曲难道可以和《东方红》《咱们工人有力量》《中国人民志愿军战歌》并行不悖，平分秋色？老克的老成、大克的渊博和萧铃的单纯，难道都同样珍贵？

翻过来，掉过去，辗转反侧，这是我最最讨厌的不健康里的不健康——失眠！ 如果这个时候，青的绿草地上真的走来一位飘飘的睡神，穿着灰衣徘徊，那该有多好啊！ 不，那不是睡神，那是萧铃的笑容。 为什么，这笑容却使我有那么一点点担忧呢？ 她太单纯，太没有自我保护了啊！ 十九岁，十九岁！

九

睡着以后，我听到了柴可夫斯基的音乐，《如歌的行板》，从头至尾，完整无缺。 醒来以后，我甚至记得每一个细节，每一个细小的和声，装饰音，强和弱的变化。 那是我醒着的时候从来没有听出来过，没有注意过，更没有保持过什么记忆的。

醒来了，月光把槐树叶子的黑影洒到了我的房间，我回味着这乐章，清晰，迷人，丝丝入扣。 我从来没有听过这样成功的演奏。

这是什么？ 是梦？ 没有任何形象，没有看到任何东西，没有任何经历、遭遇、故事、恐惧或者快乐。 没有自己，没有躯体、五官、感觉、情绪。 没有世界，没有任何固体、液体、气体、色彩、环境、空间、物质。

只有音乐，只有行板如歌，这是非人力所能演奏，也非人耳所能听到的音乐。

这样的音乐是不是一生只能听一次？

在往后的年代，在飞速的旋转，急剧的浮现，不断的困惑与不断的亢奋之中，我曾经怀着一个隐秘的愿望。也许，哪一天，当我睡下以后，我能再听一次这非人间的乐曲？

不，它只有一次。

谢谢了，为了这一次，我谢谢你！

十

好像是一只蝉。蜕去了一层壳，蝉变得轻盈、鲜明、响亮了，当然，它自己并不知道这一层蝉壳是怎么样蜕下去的，它也不可能知道蜕掉一层蝉壳意味着什么。

当新的一天开始的时候，我觉得生活里并没有那么多困扰。老克、大克和我这个小克，萧铃和她的微笑，那些批评我小资产的和表扬我忠诚积极的领导同志，都是可爱的、可亲的和可以信赖的。连我的那张掉了漆、裂了缝子的办公桌，也是会说话的和有生命的。早上它欢迎我从事庄严的工作，晚上它记得我的辛苦劳顿，而中午，它希望我多喝一碗高粱米粥和多吃一个馒头！熬高粱米粥的大师傅老李呀，东北人，大个子，说话挑着尾音，脾气暴，跟我吵过嘴，但我也发现他是那样耿直，干活不辞劳苦，他给全局的干部做饭，然而他自己没吃过一顿安生饭。

“你为什么那样高兴？”有人问我。

我是特别高兴么？那就太好了，不但我，还有你和他，

还有我们大家，都应该高高兴兴。 当人们有这种高高兴兴的
心绪的时候，即使是不小心摔跤碰破了头，即使是受了凉发
烧到三十九度，即使是因为丢失保密笔记本而在党内受到劝
告处分(上星期我们科刚有这么一个倒霉的同志遭到了这样
的事)，也不会颓丧愁闷的。 好像喝了什么快乐的酒浆，好
像生活里的一切都在按照快乐的羊皮鼓的鼓点儿行进。

　　三天之后是星期天，黄昏的时候我接到了一个电话。"我
是萧铃呀。"当电话里传出她的第一句话的时候，我有点迟
疑，发怔，怎么在电话里她的声音是这样沉稳、安详、低
沉，根本不是她那种活泼明快如铜铃的腔调。"有个事想和你
聊聊，你有时间么？"她说。 这时我仿佛听出一点来了，是
她，说话的时候带着笑意。

　　我们约定了一个对两个人都方便的地方：铁狮子胡同东
口。 解放前，这条大胡同的东北角是一个钢骨水泥的碉堡，
现在，这个碉堡已经拆除了。 这个胡同过往的行人车辆不太
多，路旁密的洋槐，已经把树冠互相搭接起来了，显得宁
静清幽。 我完全想不到她要找我谈什么，我也没有去胡猜乱
想，同志嘛，总应该多谈谈心，何况我建议在铁狮子胡同，
在这样一个美丽的地方！ 可惜我平常没有足够的时间，否
则，我最愿意和同志谈心，谈啊谈啊，都把自己的心袒露出
来，都把自己的快乐、苦恼、难题说出来，共同承担，共同
解决，互相帮助，互相促进，彼此提意见……哪怕互相批评
得很尖锐，哪怕严厉的批评使我们掉了泪，我们感到的是真

正的革命友谊，真正的政治上的温暖。何况和萧铃这样的同志谈话，那是多么令人愉快的呀！

我就这样想着，来到了铁狮子胡同东口的一棵大槐树下面，萧铃正在那儿等着呢。她穿着一身学生蓝的制服，素朴中又显出鲜丽，但是她的眉头是紧蹙的。她紧蹙的眉头使我吃惊，使我不安，但她蹙起眉头以后，显得更加孩子气了，简直像个洋娃娃，我几乎想笑了。

"让我们往前走一走。"她指着这被洋槐遮起来、显得深邃了的胡同说，她的声音里包含着一种激动。"我觉得挺对不起的。"她又说，面孔愈发严肃了，我也不想笑了。"但我实在没有办法，我也不知道和谁说好。请你告诉我，如果一个人，伤害了别人，她能算好心吗？"

"伤害？怎么伤害？"我糊涂了，我甚至想到了"伤害"这个专门名词在政治工作、公安工作中的意义，而且完全不明白这与萧铃会有什么关系。

"请你想一想，告诉我，如果确实是伤害了别人，打击了一个好人，那么，她本人还算不算好心的呢？"

"我不知道你是指什么，什么样的伤害、打击……"我回答说，为我的鲁钝而抱歉，我答得结结巴巴。

"或者能说是无心的吗？"她又问，"你完全不是成心的，不是有意的，但是，你会使别人非常痛苦……"暮色中我看不清她的脸，但是我觉得，泪水已经涌出了她的眼睛。

"为什么要使别人痛苦呢？如果是我们自己的同志，如果是好人，我们应该使他们快乐！　普通一兵马特洛索夫说得好，一个人生活的目的是为了使别人生活得更美好！"我也莫名其妙地有些激动了，只是在说完这句话的时候，我恍惚得到了点什么，而且已经意识到自己说的是一派蠢话了。

"但那是办不到的啊！"她停住了脚，正面看着我，"这能怨我吗？　这能怨我吗？"我觉得，她已经哭出来了。　她把身子略略靠到了一株树上，用勉强可以听到、更像自言自语的声音说："是我不对吗？　是我轻浮，不谨慎，不庄重？我真难过！　当我听到一个人是共产党员的时候，当我知道一个人是革命干部或者是解放军的时候，我觉得他们都是最可爱的人，最可亲的人。　我就是这样待人接物的，不论对你还是对金克还是对我们学校新派去的校长——一个剪着短发、打着裹腿的老革命，我都是这样的，这是我的错吗？　也许真的应该检查一下自己……"

我无言了，我已经理解得差不多了。

然后，她掏出了一个信封，她说那是金克给她的一封信，她完全没有想到，她很不安，她不能……她希望我把这封信还给金克。

对于一个青年人，这是一种多么强烈的波动啊，连我这个第三者都觉得有点晕眩了。　我心乱如麻，酸甜苦咸辣齐上心头，我好像更加觉得萧铃纯真、善良、可爱。　我有一点怨金克：大克呀，你好像一团火，我知道你，但你不应该这样使萧铃苦恼呀！　你不应该把火烧到萧铃身上去呀！　你怎么能这样随便地打破一个女中学生的平静呢？

　　第一次扮演这样的角色，我怎么办呢？ 但是我感谢萧铃对我的信任，我应该努力减轻她感情上的负担。 我慌乱地、无力地却又是啰里啰唆地劝解着她，我说这完全不怨她，我说她对待同志热情是优点而绝不是缺点，我说这样的事必须双方自愿（我好像挺内行呢！），因此，任何一方不自愿都不必为此感到歉疚，因为，她无须承担什么义务，她并不负债。 我说人和人的关系归根结底是一个阶级关系，在我们之间，阶级友爱高于一切，我们大家都是同志，我们正在为共同的目标而与旧世界作殊死的斗争，在斗争中，我们不惜用自己的生命来保卫自己的阶级兄弟。 譬如在朝鲜，如果美国飞机来轰炸，我们都宁愿为掩护同志而牺牲自己……我讲得这样真诚却又这样拙劣而且教条，好像我的嘴巴里长的并不是自己的舌头。 我真恨我自己，为什么没有背下一首诗来，一首适用于目前萧铃这种状况的诗呢？ 现在，给她读四句诗也许比说四十句话更有用，"两岸猿声啼不住"当然不行，"大堰河，我的保姆"也文不对题，"假如生活欺骗了你，不要悲伤，不要心急……"有一点点意思了，不，也不行，生活什么时候欺骗过萧铃呢？ 生活是属于萧铃、属于我们这些年轻的革命者的。 我嗫嗫嚅嚅，竟急出了一身大汗，连头发也竖起来了。

　　谁知道呢？ 唉，少女的脾气，少女的心！ 萧铃破涕为笑了，而且笑出了声。

我以为是我的说服劝慰起了作用，不禁十分欣慰。

"往回走吧。"她建议说。 走在路上，她又笑了。

"笑什么？"我问了一句。

"笑你说话的神气，多像个小大人！"

什么？ 这叫什么？ 难道她，一个小小的中学女生，却笑话我，一个老革命、一个职业革命家、一个饶有经验的"契卡"工作人员是什么"小大人"？

我皱起了眉头，转过脸去，用沉默表示我的恼怒。

萧铃可能是自知失言了吧，她也好久没有说话，等走出了铁狮子胡同，她友好地建议说："你不渴吗？ 我们一起去喝一杯酸梅汤吧。"

我点点头，陪她走到北新桥附近的一家冷食店。 冷食店的门口挂着用彩色的珠子穿成的帘子，冷食店里是荧光灯照明，当时这种灯管还不普遍，与普通灯泡的黄光相比，这种青白的灯光，使我觉得很高级。 我们大模大样地找了一张桌子坐在一边，要了两杯冰镇桂花酸梅汤。 那种香甜和顺畅，喝起来感到的那种舒适和满足，恐怕也正像十九岁的心绪一样，是人生难以重复出现的了。 最大的遗憾是，我因为换衣服，竟没有带够钱，结果，我这位老革命、老干部、饶有经验的公安工作者，却不得不让一位尚无任何收入、经济上也尚未独立的中学女生请客，羞得我满面通红。 一连许多天，我都觉得别别扭扭，甚至许多年以后了，只要一回想起来，我就遗憾得拧自己的腮帮子。 对不起了，萧铃！

萧铃在临分手的时候告诉我，由于她的父母已经调往南方工作，暑假以后，她就要转学离开北京了，也可能这是最后一次见面了。

"是永别了呢，还是再见呢？"她问，她的眼睛在黑夜中闪着光。

十九岁的少女啊，人间的精灵！你一会儿一个样子，一会儿一个消息，一会儿一个新变化、新情况，我的心完全乱了啊！

"为什么是永别呢？再见，我们一定会再见面的。"

"可我的功课愈来愈忙了呵！"

"那就……将来吧。两年以后，我们再见面，让我们一起欣赏柴可夫斯基的《如歌的行板》，你说对吗？"我不知道我为什么忽然想到了柴可夫斯基，就像柴可夫斯基也成了我们的朋友，也成了我们的同志似的。

她笑了，像一个老练的工作干部，她和我握了握手，然后，她往北，我往南，各自走上自己的归程了。

路上，借着路灯的昏黄的光亮，我读了一下金克给萧铃写的信。读别人的信，这大概是不应该的，但是当时我认为我完全有权读这封信，既然我们是那样要好的同志，而且既然萧铃把这个事告诉了我，委托我代她退还信，我总该弄清是怎么回事。模模糊糊地我才看了几句，我的天！大克实在是太激动了，他用了一些多么强烈的字眼！什么"你像闪电一样照亮了我的生命"，什么"我全心全意地想着你"，什么"你给了我翻山倒海的力量",还有什么"在推倒了上帝之后,人就是上帝,在推倒了君王之后,人就是君王,幸福应该属于我们,我们应该得到幸福,这就像雷雨属于夏天而雪花属于冬天一样的确定无疑……"他强烈的、简直是不可抗拒的激情震撼着我,天啊,我怎么把这封信退还给他呢?我又怎么能不完成萧铃的嘱托呢? 我忍心去充当扑灭大克火一样炽热和忘我的爱的角色么? 我能坐视大克的这种蛮横的、狂暴的爱去扰乱一个十九岁的中学女生单纯美妙的生活么? 乱啊,乱啊,我的心都乱成一团了,我既愿意为他们祝福,又愿意赶快把他们分开,一刀两断,绝不粘连……

然而,对于一个十九岁的布尔什维克来说,世界上并不存在困难,大而至于国际形势、柏林问题、《华沙条约》与《北大西洋公约》的对垒、朝鲜战争以及镇压反革命分子,小而至于年轻人感情的纠葛,这一切都是可以用党的原则、党的智慧和党的意志来解决的。 而在党员们中间,我们更可以用党性、用人和人之间大公无私至纯至善的真情来处理一切麻烦。 我坚决相信,在好人们当中,在共产党员们当中,一切缺陷都能得到弥补,一切创伤都能痊愈,一切纷乱都会平息,大家最后都会笼罩在一种光明、圣洁、温暖的情怀里。 于是,我做出了一件事后看来是不可思议的蠢事,我把大克给萧铃的信寄给了老克,让老克把信还给大克并"做一些善后思想工作"。 这是我的原词,一个十九岁的官僚的批转附言。

十一

如果说生活是无始无终、滔滔不绝、时聚时分的一条河流，我们每一个人就像河上的一叶扁舟。 肉体是我们的船身，意志是我们的马达，而判断，那就是舵了。 命运呢？那时而驯顺温柔、时而狂暴凶恶、时而庄重有定、时而荒唐无稽的命运呢，不正是那时而湍急、时而平稳、时而一泻千里、时而盘旋无路的河水本身吗？

在这变化多端的河流上驶船是不容易的，许多人在经过几个小小的回合以后便不再努力，他们把小船交给了河道，交给了流体力学的确定的法则和地形的莫测的变化。 但是我的性格并不是这样，我蔑视河水，我不但要驾船，而且要治水！ 我当然是我自己的船长，我要亲自掌舵。 虽然，我可能急躁以至轻率，因为我不是一个经验丰富的、历经风浪礁石的水手，当我接到这只船的时候，我好比只是一个光着屁股的孩子，和任何别人一样，我不可能在学通了水性、风向、地理和造船以后再开航启碇。 所以，我可能屡犯错误乃至触礁沉船，但我绝不优柔寡断，绝不患得患失、不三不四，也绝不吃后悔药，自怨自艾、自叹自怜。 该讲的时候讲，该撤的时候撤，该拐弯的时候拐弯。

一九五二年，我搞了一个急转弯：考大学，学土木建筑工程。

　　我的决定使好几个同事目瞪口呆，他们劝我慎重考虑，因为领导已经呈报提拔我担任二科的副科长。　他们告诉我，尽管高等学校准备招收一部分调干生，但报名投考的主要是那些做辅助工作的，或者因为某种原因（例如政治历史问题）不适宜再在机关工作下去的人。　像我这样，正处于进步很快（这里的进步是可以作升迁解的）和大有可为的时候，放弃了副科长的前程而与一帮子小青年一起去投考大学，这实在是不可思议。

　　但是我主意已定。　我想起了解放前我爱唱的一个学生歌曲，当然是进步的学生运动歌曲（这里的进步是作革命、左倾解的），歌名叫作《我们永远战斗在最前线》，这个题目本身已经够使我激动和神往的了。　战斗在最前线，而且是永远！　对于一个共产党员来说，还有什么比这更加光荣、更加豪迈、更加迷人呢？　解放初期，我站在镇压反革命、巩固人民民主专政的最前线。　但是，就在那个时候毛主席已经告诉我们："我们熟悉的东西有些快要闲起来了，我们不熟悉的东西正在强迫我们去做。"毛主席在一九四九年七一前夕发表的《论人民民主专政》里的这一段话，使我充满了历史感、自豪感，但也引起了我的一丝惆怅。　公安工作，镇压反革命的工作，会不会属于那个"快要闲起来了的"东西呢？　当然，那时候我来不及正视和保持自己的惆怅，各种待办的案件没有丝毫"快要闲起来"的味道。

　　到了一九五二年，那早已种下的惆怅的种子就变得令我难以忍受了。 第一个五年计划的大规模、有计划、按比例的建设开始了，团中央发出了"向科学进军"的号召，而反革命案与刑事案的发案率却大大减少了，例行的机关事务显得愈来愈单调和重复。 另一边，大学的年轻人向科学进军的生活和各个建筑工地上的脚手架像五颜六色的图画一样吸引着我。 少年时候学习过的各种科目的功课和那个时候做发明家、做祖国的建设者的愿望都在我的心头复活了。 我要考大学，学建筑工程。 在历史的转变关头我是敢于做出决断、做出转变的，过去如此，现在和将来仍是如此。 做出决定以后我就一往直前，义无反顾。

我的决定受到了差不多所有人的反对。 柳克批评我说："你的思想太不实际！"他的批评没有能说服我，自从那次听唱片的事件之后，我好像增加了一点独立的思考。

只有金克完全支持我的行动，他发表了一番见解："我们共产党员应该考虑一下，究竟是为党工作，还是靠党吃饭？事实上，不是确有那么一些人打着为党工作的旗号，实际上却只是靠党吃饭吗？ 不学习文化，不学习科学，不学习经济工作，这样的人究竟能为党做多少事情，却又以党的名义得到了多少报酬呢？"

我模模糊糊地感到，金克的情绪有点不大对头。 在五十年代，我对谁的哪一句话"对头"，哪一句话"不对头"，反应是很敏锐的。 但他讲的意思，我当时以为是正确的。 而且我牢牢地记住了他的话——这该死的记忆力呀！

由于我的坚决申请，在许多同志的遗憾、困惑、不满的眼光中，我考取了工科大学。 契卡和捷尔任斯基的时代飞一样地过去了。 现在吸引我的是工地上的灯光、起重机、卷扬机和混凝土搅拌机，石灰水与油漆的芬芳，夜班与在蓝天白云下挥汗的高空作业。 然后，是平地而起的高楼大厦，纪念碑与纪念塔，展览馆与剧场。 为了永远战斗在最前线的光荣，我放弃了在革命和人生道路上已经得到的一切，从零做起，跻身于一帮世事未谙、只知道几何三角代数的学生娃娃里。

从一九四八年离开中学，到一九五二年回到大学，整整经过了四年的非学生生活。 当然，中间也上过一次大学——人民革命大学，但那完全是另一种性质的学校。 现在，我又回到了六个人一间房的学生宿舍，回到了被电铃和课程表所支配的生活，回到了教室、饭厅、操场、宿舍之间的奔忙，回到劳碌、紧张、目标明确而又疑难重重的听课、记笔记、质疑、写作业的满载超轴的生活里来了。 在我的大学生生活的最初一个月，有时候我竟然忘记了那四年的"契卡"生活。 我好像从来没有离开过学校，我是一个青年，我是一个学生，好像压根儿便是这样，我的学业从来没有中断过似的。

但是内心深处我却无比骄傲。 当男生宿舍里为了瓜分某个人偷偷藏起来准备吃独食的花生米而闹成一团，又叫又笑又抢又吵又挖苦又骂又跳，最后因为花生米呛在气管里，使一个同学咳得眼珠外凸、几乎憋出意外来的时候，我既参加到这笑闹的人群里，又好像可以随时抽出身来离群独处，俯瞰这些大个子的孩子。呵，你们真幸福！呵，你们还在继续着你们天真而美妙的童年！呵，多么幼稚，多么简单！你们知道吗？如果没有我们的严肃而又悲壮的努力，如果没有我们战胜了那些吃人的魔鬼而如今又夙夜匪懈地保护着你们的安宁，你们哪里会有这种平静而幸福的大学生活？

我俯视我的同学，我的同龄人，并投以亲切欣慰、悲天悯人的微笑。祝福你们！为了你们！爱你们！我过去曾经为了你们而献身，今后，仍然要为了你们而献出自己！

十二

但是，那四年的革命生活到哪里去了？

那凯歌行进、悲壮激越的日子！马克思说，革命时期，一天等于二十年！四年，又等于多少年呢？那是一个伟大的时代！

在我工作过的公安机关，一天等于二十年的时期已经过去了。现在是，一天只等于一天，有时候由于拖拉，也许两天才等于一天。例行公事的会议、千篇一律的公文、衙门作风，不是在开始悄悄地消磨革命的锐气了吗？而且那些老同志一个个娶妻生子，成家立业，锅碗瓢盆，尿布草纸……你去找谁一道回忆地下斗争，初入解放区的惊喜，胜利入城……呢？ 革命已经是日常的、司空见惯的事情了。 每一个拖着鼻涕、打着小算盘、嘴里说得好听实际上自私自利的人都成了革命者。 这可不像解放前，这可不像地下，那时候革命才是真正神圣的、危险的、只有少数人干得了的事业。再说，金克和柳克，大克和老克以及我这个小克，已经分道扬镳了。 三个人再聚一聚吗？ 不，他们俩并没有这个要求和这个时间，我呢，我也知道即使聚在一起也无法再现那种团结起来到明天的肝肠俱热的友谊了！

周围的同学们呢，他们哪里懂得，他们怎么可能懂得？

我好像丢失了什么最宝贵的东西。 我在追寻，我在追忆，我在苦苦地思念。 我痴情地在每一个尚未入睡或者半途醒来的夜晚，为自己细细地、苦苦地描绘那四年最崇高最动人的经验，我唱起那四年当中最爱唱的歌，满眼含泪。 谁能理解我？ 谁能分享我的思念和深情？ 谁能证明我在那四年的存在呢？

白天，我欢乐地、活跃地投向生活。 除了上课学习以外，我担任了原团总支的书记和党支部的委员。 院和系的领导同志、教师、政治辅导员和同学，都称赞我是一个年轻的老革命，受过多年革命锻炼的青年人，我走到哪里都受到同龄人的敬佩、羡慕和关注。 但是，他们不知道我的怀念和追寻，他们不可能进入我内心世界的里层。

我的灵魂打开了自己的门户，我的灵魂在虚位以待。

谁？

谁是我的源泉和我的见证，我的太阳和我的卫星，我的光辉和我的映像，我的火和我的歌声？

多咪咪多发咪……

十三

萧铃！萧铃！萧——铃——

这似乎有一点神奇，从一年多以前在铁狮子胡同东口见面、在北新桥分手以来，我再没有得到过她的任何信息。她说过，她要离开北京，到南方去了，我甚至没有问她是去哪里。南方，对于北方人来说，可能是昆明重庆，可能是广州汉口，也可能是福州或者苏杭。总之，是一个更温暖、更美丽、更阳光灿烂的地方。她去了么？她在那里好么？她再没有受到过任何打扰么？

一年来，我没有怎么想到过她，即使看到金克的时候，我们也从来没有提到过她，我们好像有一种默契，都不提她，否则，那会是一种亵渎。何况，我已经用"做一些善后思想工作""批转"了金克给萧铃的信，我已经用熟练的公文语言完成了萧铃对我的嘱托。

一年多来，我再也没有听过那《如歌的行板》。金克的留声机还在我这里，有几次我想听这个唱片，把唱片拿到手里往转盘上放的时候，临时又换成了《三十里铺》和《春节序曲》。我宁愿听《防旱抗旱，人定胜天》和《反对细菌战》的齐唱，也不愿意随随便便地去造访柴可夫斯基的弦乐四重奏……不，那是不能漫不经心地，只是解闷儿似的去随便听的。那里面包含的东西太多，太浓，太醇，因而变得有点苦味了……我躲闪着，我封闭着，我……期待着。

不是突然降下的风暴，不是突然点燃的烈火，不，那是像小草一样悄悄地从地皮下面发出绿芽来的，那是像春雨一样默默地滋润着干燥的土地的，那是像月光一样隔着窗子凝视着你熟睡的面庞的，那是像烟雾一样偷偷地从门户的缝隙溜进了你的屋子里的。

在一九五二年考入大学以后，在秋风终于吹散了暑热，文香果、水蜜桃与酸槟子大量上市，晚香玉与鸡冠花盛开，而夜晚听得见嘀嘀哩哩的秋虫鸣啼的时候，萧铃来了，慢步无声，走过青的绿草地和远的青山顶，身穿灰衣徘徊。

“你好？”

“你好！”

“你在哪里？”

“我在你的心里。”

“你没有忘记我？”

“我和你在一起。”

“你知道吗？我又当起学生来了。我才知道，我上大学，原来是为了你。”

“‘她的一双秀眼，温柔美丽如水……她名叫梦，她名叫睡’。”

"你说什么？"

"不知道是谁给配的歌词。 你喝不喝酸梅汤？ 加了糖桂花的，一千块钱一杯……"

"我没带零钱……"我羞愧得几乎落泪。

"你说话，就像个小大人儿似的。"

…………

从此，我想着萧铃是和我在一起。 我们在同一个星球，同一个时代，同一块土地，同一个伟大的党，伟大的事业里边。 我们第一次见面是在新民主主义青年团区委员会的会议上。 作为养蜂夹道女子中学的团总支负责人，她汇报说，她们学校已经有四百五十多名学生报名要求去朝鲜，当志愿军。 那天她非常严肃，她穿着系腰带的列宁服，头发剪得短短的，活像老区的妇女运动干部。 只是她的北京话说得太流利，口齿太清楚，样子也太郑重，因而显示出了稚嫩。 我不知道我的根据是什么，但我总觉得，解放前夕和解放初期，女学生比男学生更多更快地追求进步，追求革命。 而她们迅速的革命化似乎也给革命增加了新的圣洁的光和色。 我听着她的发言，注视着她的面孔，我发现，她的额头，左眉心上有一块小小的疤痕，那是怎么回事？ 跌跤摔伤过？ 还是挨过殴打？ 我，我怎么对她了解得那么少？

只记得在散会的时候，我们共同推着自行车走出团区委的大门，她说了一句："哟，后胎跑气了！"她是自言自语吗？ 她是对我说话吗？ 反正我是回了话的，我说："还有气呢，凑合着骑吧。"我为什么不去借一个打气筒子，为她给那辆破旧的绿色女车的后轮胎打上气呢？

第二次是在金克那里……

第三次是在我那里……

一切都是多么清晰！ 她穿什么衣服，她的面容，她的举止，她的声音，她眉毛的一挑一挑和手指的一动一动，她的嘴角和她的耳朵，一切原来都清楚地保留在我的记忆里，我不记得当时怎么特别观察过她呀！ 不知不觉之中，我的心灵的底片已经感光了，直到一年多以后，它开始显影了，纤毫毕见，色彩分明。

然后是铁狮子胡同的会面。 金克给她写信的事她为什么要找我？ 有意？ 无心？ 偶然？ 巧合？ 那她为什么不找别人？

萧铃啊，你还记得我吗？ 每天早晨太阳升起来的时候，你可把你的好意的祝福委托阳光捎给我？ 每天晚上星光灿烂的时候，那向着我注视的南边的亮星，可是反射着你温柔美丽如水的目光？ 秋天南飞的燕子啊，它们可是去你现在居住的地方？ 那一夜一夜不停地奏鸣的秋虫啊，它们可是在表达你的衷肠？ 永别还是再见？ 当然是再见了。 什么时候再见呢？

我时而想着她。 我只是想着这些罢了，我不知道她的地址。 当然可以打听到她的去向的。 但是不，任何打听都是多余的。 也许打听到地址以后可以给她写一封信？ 然而任何信件也不能表达，却只能败坏我的思绪。 想着吧，想着吧，当上自习的时候和开支委会的时候，当跳高的标杆又往上提了两厘米和主持团日活动的时候，当夜晚来临、华灯初上和季节更迭、风雨交加的时候，我温习着有关她的一切，记忆和遐想，明暗和旋律，她和我，一代少年布尔什维克和我们自己。 能这样想的人多么有福。

我希望着，我相信着，我迎接着。

十四

是海还是天？ 梦还是真？"契卡"工作人员还是翩翩少年？

是预兆的应验、命运的魔法、心电感应，还是共同的经历、共同的心愿、同声共振共鸣的物理学的法则，还是偶然中的必然？

就像燕子一定会遇到屋檐，海浪一定会遇到礁石，丁香一定会遇到春雨，风一定会遇到帆？

我们也一定会相遇的。

时隔二十八年，在一九八一年的今天，当我回首往事，我仍然感到无比惊异。 我不能不睁大我的眼睛：究竟是一种什么样的力量，使得一九五三年夏天的相遇这样完美、这样周密、这样稀奇？ 这是经过了谁的精心设计？

表面上这一切都充满了偶然，改变其中的任何一个因子都是可能的，而任何一个细小的因子的更动都会使得事情完全变成另外的样子。 然而事实上，这一切都是注定了的，天铸地就了的，安排妥帖了的。

这是我一生中唯一的，永不再现了的欢乐的暑假。 一九五三年，我的大学生活的第一个暑期到来了。 我充满了幸福的预感，这一年的小豆冰棍特别香甜，这一年的夏季有几个电影院和剧场安装了冷气设备，这一年全体干部都定了级，改成了工资制。 我一直是过供给制生活的，据说由于我不在职，这次改工资制，我吃了一两级的亏，然而，谁又有那个低级趣味去过问这些事呢？ 当七十多万块钱的工资发到手里的时候，我觉得我简直成了富翁！ 从此，走到大街上吃零块西瓜、买汽水，再不用斟酌再三了，甚至饭馆里四千多块钱一盘的木樨肉、七千多块钱一盘的红烧黄鱼，对于我来说，也完全不是奢侈了。

学期结束，绒花树盛开着淡红色的毛茸茸的花。 传来了消息，全国学联在北戴河组织大学生海滨夏令营，我们学院可以有两名最优秀的学生参加。 不论是老师、同学们还是我自己，都认为我理所当然地应该是这两个中的一个。 既感到自己是群众中的一分子，又感到自己明显地优越于别人，这是一种什么样的幸运儿的自我感觉呀！ 如果我的心是一个酒杯，那么，这种感觉就像甜美的葡萄酒浆，酒浆已经倒满了雕花的高脚玻璃杯，并且不断地从杯中涌起、外溢、爆裂着雪白的泡沫。 我敢于向全中国全世界宣告，我是最幸福的人。 青年，大学生，老革命，共产党员，还有什么人能把这几样最美好的身份集于一身呢？

　　每当回忆起这一年的暑假我就感到眼前是一片光辉。 那是我平生第一次，也是至今唯一的一次见到海，海给我的最强烈的印象不是她的巨大、她的动荡、她的威严或者她的神秘，而是她的光明，充塞在宇宙当中、使万物浑然一体地被照亮的光明。 我说不清那是太阳照在大海上反射出来万道金蛇似的光，还是月亮铺洒下的扇面形的碎银点点的光，以及阴天的时候无法分辨地连成了一片的海与天的灰蒙蒙的光，还是在无月的夜，星辰和渔火、航标灯和岸边的灯光混合在一起的安详的光。 我只觉得一切都闪闪发亮，明朗而不炫耀，流动而不迷乱。

　　全国八个大城市的所谓最优秀的大学生聚集在那里，我们自身，不也是发光的吗？ 到达海滨的第三天的晚上，我们的夏令营举行第一次文艺晚会。 学生们自己搞晚会，服装、灯光、音响，全是一塌糊涂。 由于扩音器坏了又修，好了又坏，晚会拖了四十分钟才开始。 我们在那个简陋的俱乐部里出的汗，比在期终考试的考场上出得还多。 化妆就更混乱，跳舞的女生把脸蛋涂得红如醉酒，演唱曲艺节目的男生拒绝化妆，站在水银灯下面白里透青，一脸的肃杀。 还有更多的演员，把脸蛋抹得红白相映、鲜明焕发，对比之下，脖子是白中有绿，胳臂是白中有灰，这种不协调甚至会使你感觉到是把一个娇美的年轻人的面庞，安装到了一个已经失去了人色的尸体上面。

　　没有人挑剔这些，大自然的光辉和我们内心的光辉照耀着这个晚会，我们只知道欢笑、鼓掌，衷心赞美每一个演员、每一个节目，不但满意于演出中的某些"成功"，而且连每一个差错都给我们以愉快，每一个洋相都给我们以喜悦。

　　总算有了一个堪称专业水平的节目了，这是华东音乐学院的四个女学生表演的弦乐四重奏。她们四个人都梳着长辫子，而且都显出一种冷漠的、毫无生气的表情。我沉浸在自己无边的欢乐之中，以至于一时间甚至没有听出来这四个（请原谅我）其貌不扬而又呆板的女学生是在演奏什么。

　　"周克，你听啊！"

　　一声微弱而美好的呼唤。我蓦地一惊，我发现了萧铃！她坐在离我很远很远，靠近窗子的地方。与此同时，我发现了，四个梳长辫子的姑娘演奏的不是别的，而是我最熟悉的柴可夫斯基的乐章。四个姑娘容光焕发，她们沉醉在音乐里了！

　　"周克，你好！"

　　萧铃的声音溶解在大提琴的乐声里了。那令人落泪的温暖体贴而又羞怯的问候啊！

　　当这个节目结束，容易满足的观众这次是真的激动起来了，以三倍热烈的掌声向她们致谢。

　　我转过头去看那个窗口，萧铃不在了。

我顾不得向周围的新朋友做任何解释，更不管晚会下面将怎样进行，急急忙忙地站起身，挤着钻着走出了俱乐部的大门。在海边的一块巨大的岩石上，我追到了萧铃。

"这是真的吗？"我问。

"当然了，你早说过的。"她拉住了我的手。

"我说过？"我困惑了。

"瞧你这记性！"她笑了（两年多没有见了，仍然是这样亲切、质朴），"你不是说过吗，两年以后，我们一起听音乐……"

一下子全想起来了，我狂喜地说："是啊是啊，我说的怎么会那么准呢？这是真的？"

"你说呢？在我来北戴河海滨的时候，我就知道，我们会见面的。"

"你为什么认为我会来这里呢？难道大学生的夏令营还要邀请公安局的干部参加吗？"

"你已经不是公安局的工作人员了，你是建筑工程学院的学生。瞧，你这不是戴着校徽了吗？"（她一点也不惊奇，好像我们从来没有分过手，好像已经有人向她做过详细的介绍似的。）

"你忙？"

"嗯。"

"你好？"

"你不是在看着我吗？我当然好。"又是一阵金铃般的笑声。

是的，我在看着她，被天上的月亮和海里的月亮同时照耀着的她，她的眼睛里，包含着这两个月亮。 她穿着浅色带蓝色的小花点的连衣裙，显示出她姣好的身材。 她圆润的嘴角，含笑的脸庞，仍然是那样天真而又爽朗。

"你在大厅里，向我说话了吗？"我问起了她。

"那怎么说呢？ 有那么多人，隔着那么远！"她惊奇地说。

"但是我先看见了你。"她补充说，"我心里在对你说话，我想说的。"

"你想说什么了？ 你想说什么了？"我激动起来，抓住了她的手，"你知道么，我听见你的话了，我是听到你的话才转过头去，才看见你，才注意到那支曲子的。"

"你听见了什么呢？"她也感兴趣起来。

"我听见了你的声音，虽然很弱很弱。 是你说：'周克，你听啊！'后来你又说：'周克，你好！'"

"那就是我说的！ 那就是我在心里想而没有说出口的呀！ 你怎么听到了呢？"

"真神！ 真神！ 怎么听到了呢？"我们同时说，我们问天，我们问海，我们听到了潮水欢笑的喧哗。

十五

在那个难忘的夏天，在北戴河海滨，我们一起说了许多话。

"我特别怀念解放前地下时候，还有解放初期在一起斗争过的同志们。"我说。

"我也是一样。"她说。

"现在，这一批同志还留在学校上学的已经不多了，他们都先后离开了学校，充当各方面的工作干部去了。而现在的学生，大多是一些没有多少革命经历的人。"她说，颇有感慨。

"是啊，我也是这样想。"我说，"所以，我又回来当学生了，我想，萧铃现在是大学生了，我也应该是大学生。"

"这么说，你上大学还是为了我呢，是吗？"

"也可以这么说。"

"那可真谢谢你！"

"可我还要谢谢你呢！"

"为什么？"她不解地问。

是啊，为什么？为什么要谢她，而她又为什么要谢我呢？难道只有弄明白了为什么，才能感谢吗？难道那说不清为什么的，对于人、对于同志、对于祖国、对于生活、对于海浪朝日和清风的感谢，不正是最幸福也最美好的心绪吗？ 谢谢，这才是真正的人的语言！ 让我们对比一下：一九五三年到处说着"谢谢"的时候和——例如——一九六七年到处骂着"滚他妈的蛋"的时候的不同吧！

萧铃那时是在南京的一所师范大学学中文，她比我高一个年级。 她问我，爱不爱读屈原的诗，前一年，世界和平理事会决定纪念的文化名人里就有屈原。 我很惭愧地表示抱歉，扔了好几年、现在要重新捡起高等数学、测量绘图、工程地质、材料力学和外语，我最近又以学生党员代表的身份被选为校党委的委员，还要做系里边和班里边的党团工作。此外，还要学时事政治、参加劳卫制锻炼，而且，不知有多少要求进步的同学等着与我谈话……总之，我太忙了，我没有时间。

她笑了，告诉我，屈原的诗里有四句是这样的：何昔日之芳草兮，今直为此萧艾也！ 岂其有他故兮，莫好修之害也！ 她非常激动，她说，她非常担心我们这些从少年时代便参加了党所领导的革命斗争的"芳草"，会在和平环境里慢慢地庸俗起来，慢慢地淡漠了自己的革命豪情，消磨了自己的革命锐气，变成随波逐流的市侩，变成自私自利的"萧艾"。"岂其有他故兮，莫好修之害也！"——这哪里有什么别的原因呢，是没有好好地进行思想修养的恶果呀！

我不知道她的解说符合不符合屈原的原意，反正，她的话句句字字说到我的心里。 我无言，我点头，我轻轻唱起了学生运动歌曲和《我们是民主青年》，后一首歌是我在人民革命大学期间最爱唱的。

我们有好几次在一起游泳。她的蛙泳游得很纯熟，我游起来有点手忙脚乱，但是我胆大、顽强，即使气喘得像老牛一样哞哞地震动着海面，即使心跳得像拖拉机点了火的引擎，我也能紧跟着萧铃游出去，穷追不舍。有一次我们游出防鲨网很远，一直游到一艘小小的渔船旁边，渔民把我们拉上了船，让我们在船上休息一会儿。我上船以后喘气的声音是那样大，惹得渔民哈哈笑。渔民给了我们几斤螃蟹，我尽管技术不佳，还是拿着螃蟹游了回来。

一起风浪，萧铃就害怕了，她站在靠岸浅水处，逡巡不前，一个大浪打得她歪倒在水里，大叫起来。我却不管不顾、向着浪游去，又得意洋洋地回过头招呼萧铃。浪打过来，我嘴里充满了比咸菜汤还咸的海水味儿，虽然我不记得自己呛过水。我只觉得，海有着无限的自由，而我也有着无限的力量和勇敢。

即使在海滨夏令营里，我也要参加什么领导骨干的会、安排活动的会、保证安全的会，我还要和各种人谈话。积极、进步、工作、宣传群众与组织群众、把青年团结在党和团组织的周围，正是这样的灵魂灌输到游泳、散步、联欢和说笑里，于是，我们的夏令营生活就成为有意义的了。

这次在夏令营里与萧铃的会面使我们的感情一下子变得那样深，虽然我们并没有用过爱呀情呀那一类的字眼。只是在夏令营结束前夕，我对萧铃说：

"给我写信吧，我怕接不到你的信也许我会……"

"你会怎么样？"她的目光里似乎隐含着一丝狡猾。

"我会哭的！"我说，半是玩笑，半是认真。

"至于么？"多么狡猾的问题！

我严肃了，我说："为什么只有见到你，我才觉得我是完整的周克呢？ 对于一些人，我是明天的建筑师。 对于其他一些人，我是昨天的同事。 对于另一些人呢，我是今天的团总支书记和同班同系的大学生……他们只了解我的一点、一斑、一部分，所以有许多话，我找不着人说。 只有你，只有你一个人，才了解我的这一面和那一面，我的过去、现在和未来……"

"你怎么那么爱分析？"她问。

后来她给我写信，称呼我"爱分析的人"。

我思索了好久，当我给她写信的时候，大胆地称呼她"知道我的一切的人"。

十六

然而，知道一切是不可能的。 人类不知有多少次以为自己可以预见未来了，但是多少次都失望了。 令人沮丧的是，我们这一代人也并没有例外。

因为，水比船强。

有时候我想，我和萧铃的预见，我们的预言的准确性在海滨重逢这一件事上已经发挥到了极致，因而，我们在这方面的可能性差不多已经支取和使用穷尽了，此后发生的事情已经是我们所想不到也不可能想到的了。

一九五五年，我大学三年级的时候，随着对胡风集团的批判，全面展开了肃清反革命分子的斗争。我被任命为系肃反领导五人小组的副组长。运动一开展，我实际上中断了学业，夜以继日地投入到这样一场惊心动魄的运动里去了。紧接着，又是复查，又是善后，又是贯彻知识分子政策。所有这些事情，似乎都离不开我。前三年已经有这样的情况了：我离开了公安局是来上学的，但是，每星期几乎有三分之一的时间要用在党、团、政治工作上。肃反一开始，我又怎么能埋头读书呢？肃清反革命，这是我的老本行呀。

本来我以为运动一过我就可以回到班上听课去的，咬咬牙，在功课好的同学们的帮助之下，我也许还可以跟班学下去。但是，一经离开课堂，经手肃反这一类的工作，再回去就是不可能的了。我必须承认，我自己也已经不那么想回去了。三年的工科大学生生活，死的建筑材料和运算公式，并不是不令人寂寞的。倒是在人的工作、在政治运动里，我得到了更好的发挥和满足。

有时候我想起柳克对我的劝告来了，一九五二年，当我告诉他我准备去考大学的时候，他不以为然地摇着头，语重心长地对我说："小克，你不是一般的学生娃娃，思想应该更实际一些呀！"

实际一些，实际一些，是不是"实际"证明了他确实是比我更实际呢？ 在当了三年大学生之后，"实际"不是已经证明了，与其去与钢筋混凝土打交道，还不如去做人的工作，去领导人、教育人、审查人更适合我一些吗？

但是渤海的光辉仍然照耀着我的生活。 不论是在背诵死板的数字还是在审视活人的档案，也不论我有多么忙碌、疲倦，我只盼望着一样东西——萧铃的信。 有时候接连好多天没有收到她的信，我心神不安，我垂头丧气，甚至觉得好像是自己做了什么错事，挺不起胸、抬不起头。 而这时候，一个小小的信封，两行娟秀的字迹，就会一下子给我的每一个细胞注入许多活力。"白日放歌须纵酒，青春作伴好还乡。即从巴峡穿巫峡，便下襄阳向洛阳。"我念起杜甫的这几句诗，虽然杜诗里所描写的心绪和我收到萧铃的信的时候的心绪可以说是风马牛毫不相及。

一九五六年，萧铃大学毕业了。 一九五七年新年，我借出差之便到南京去看她，我们终于商定，把她的工作调到北京来，然后，我们结婚。

为什么我们会这样幸福？ 我问她，为什么所有的好事都落到了我的头上？

"我们就应该幸福。"她回答我说，"难道我们不应该幸福吗？"

而我在想，杜甫的四句诗是太不够了，可以表达我们的欢乐和饱满的幸福的诗句还没有创造出来。

十七

于是我们来到了一九五七年的夏天——历史的奇观：辩证法的发展，否定之否定的迂回。《这是为什么》的警号，《工人说话了》的声威。 运筹帷幄和呼风唤雨的大手笔。 一小撮的丑态——哗众取宠的大放厥词，一夜之间变成捶胸顿足的自打嘴巴。 还有各式各样的波涛和浪花：真义愤与假积极，认真斗争与虚与委蛇，深受教育与故作姿态，大义灭亲与卖友求荣……政治、斗争、敌人、策略、多数、分化、从宽、从严、外调、攻心……树欲静而风不止。 我们所熟悉的东西并没有快要闲起来，需要的正是驾轻就熟、精益求精、乘胜前进、更上一层楼！

我成了系里的五人小组的组长，不是副组长，因为原来的组长已经被揪了出来。 我曾有过犹豫，我曾有过惶惑不安乃至反感，为什么头一天还在一起开会、讨论、提意见的同志，第二天"揪出来"以后就要当作敌人来揭发、批判、孤立、喊口号、攻心、划清界限？ 但是斗争的规律是，只要你一参加斗争，哪怕是不情愿地、不明确地、不自觉地参加了一下斗争，洪流就会把你远远地推向前去。 我参加一个批判会，开始的时候我对那个被批判的人还有点同情、有点为他抱委屈。 开会十分钟，有一位大嗓门的同学大喊了一声："老实点！"另一个嗓门大的同学又喊了一声："敌人不投降，就叫他灭亡！”两声大喝改变了会场的整个气氛，主持会议的我也紧张起来了，眼睛里似乎在冒火。 我感到了一切愤怒的生理征兆：心跳加剧了，体温增高了，肌肉收缩了——显然，肾上腺激素在大量分泌。 这时一个女生起立发言了，她并没有揭发被批判者的任何具体材料，她只是回忆自己的祖母在旧社会所受的苦。 她的祖母被人贩子拐卖过三次，后来发了疯，把衣服撕成一条一缕的，而且疯病犯起来，几乎把她的父亲掐死。 这位女同学声泪俱下，她的发言打动了与会所有师生的心，那是五十年代，二十多岁的人都记得暗无天日的旧社会，各人都有自己的不幸的记忆，连地主出身的同学也想起了罪恶的家庭出身给自己带来的压力和痛苦，所以大家都流了泪，都义愤填膺。 而那位被批判的可怜虫在听到了两声大喝和一番摧肝裂胆的忆苦思甜以后，他的头低得更低了，他的小腿开始哆嗦，一副猥琐、卑贱、狡猾、下作、可耻、可恶的样子，一副毒蛇、癞皮狗、魑魅的样子。 这时候并不需要什么“上挂下联”，并不需要那位痛哭流涕的女同学说什么“就是他（那位倒霉鬼）想让我们受二茬罪！”或者“就是他说今不如昔！”，反正大家都已经认识到，使同学们气愤的，是他！ 使这位女同学的父亲在儿时几乎就被疯妈妈掐死的，是他！ 使女生的祖母沦落他乡，备受蹂躏的，是他！ 使同学们不得不停下课来，耽误了宝贵的学习时间，妨碍了向科学进军、妨碍了祖国建设、妨碍了毕业设计、妨碍了正在热恋的男女同学周末去看彩色故事片的，也是他！ 而且，连他自己也显然是承认了，这一切灾难都是他造成的，他口齿含混地流着泪说："我有罪！ 我有罪！"

"说！ 你有什么罪?"这次是我带头喊起来了。

"说！ 说！ 说！"大家都喊起来了，像怒涛、像狂风、像爆炸。

他支支吾吾，他说不清楚，他藏头露尾，他欲盖弥彰，他负隅顽抗，他怎么这么坏呀！ 我真想上去……

已经有好几个学生冲上去了，有人推了他，有人指他的鼻子，有人给他一拳，有人扬起了巴掌……

我好容易制止了殴打，但我也已经气愤得咬牙切齿，我算认清了他的真面目！ 我算是睁开了眼睛！ 右派分子就是这样丑恶、狰狞而又巧妙地伪装自己！ 伪装得很深很深！ 骗了很多人！ 我甚至还怜悯过他！ 真是，对敌人怜悯，就是对人民残忍！ 费厄泼赖绝对不能实行！ 我受到的教育太大了！

于是我真正地积极起来、紧张起来、动员起来了：我成了真正的反右的积极分子、冲锋陷阵的勇士、铁面无私的领导人，原则、义愤和压倒一切的气势的化身。

就在这个时候我接到了柳克的电话，柳克找我去，和我商量关于金克的事。

报纸上已经开始了对于金克的一些文章的批评，批评的声调不高也不低，我由于忙得不可开交，没顾上关心他的事。

"金克的问题很严重。"柳克踱着步子，用低沉的声音告诉我，并且给我看了一批关于金克的打印材料。 由于报社反右的任务重，柳克临时调到那儿抓运动去了。"我想他的问题并不是偶然的，从在革命大学……"他回顾了一些旧事，说明金克是怎样的狂热、傲上、散漫、情调不对头，"终于，一步又一步，愈走愈远，他已经滑到反党的泥坑里了。"过了一会儿，他又补充了一句："真让人痛心啊！"

什么？ 金克？ 严重？ 痛心？ 我的头有点发昏……真是深刻的革命，深刻的运动啊！ 我说："是啊，历史是无情的！ 这是多么深刻啊！"

柳克停下来，缓缓地划火柴、吸烟。 他穿着一身洗得很干净，洗后又烫得很平整的旧华达呢布制服，袖口、肘部和膝部都显得有些发白，厚布底圆口布鞋，已经是一副非常从容而又干练的老同志的样子了。 他和我说话也已经有那种经过深思熟虑的、做结论的、不容置疑的口气了，但态度还亲切。 由于缺少睡眠，他的眼皮发青，眼角的皱纹也特别明显，这更增加了他的庄重和严峻，更显得可敬了。

"周克，我想起了一个事情。"他走近我，直视着我的眼睛，我觉得他这时的样子不只像平常那样像我的兄长，简直可以说，他的目光、他的样子、他的语调好像是一个庄严的父亲。 他说："我想起了五一年你让我退给他的那封信，他写给一个女学生的。 他的某些反党的观点，在那封信上就有苗头……"

"什么?"

"什么?"他反问说,"你不记得? 你没看出来? 你政治上太不敏锐了! 说得严重一点,这简直是……"他有点不高兴,离我远了一点,坐到了沙发上,他继续说:"我当时就觉得气味不对! 什么'人就是上帝',什么'人就是君王',这是打出来的什么旗号呢? 他到底要干什么呢? ……"

"我想起来了,想起来了!"

"是啊! 我当时就批评了他,他不接受。 太狂妄了! 这样狂妄下去还了得!"

我连连点头,一面看着那些打印材料,我已经确信,金克确实是问题严重了。

"让我们找他来谈一谈!"我说,"我们要尽力帮助他呀!"

"晚了,晚了!"柳克摇摇头,"他走得太远了。 你看看,他竟然说什么外行领导不了内行,这样的话跟什么样的人的话一样呢? 现在,群众正在批判他、帮助他,组织上正在批判他、帮助他,我们私人找他谈谈,这算是什么性质、什么目的、能起什么作用呢? 不,现在帮助他的最好的方法,就是帮助组织把他的问题搞清楚。 小克,你写份材料吧,好好想想,那封信里的问题,还有其他接触中他所流露的思想,不论老的、新的、轻的、重的,都写出来,这样,大家才好帮助他呀!"

我立即答应了。写个材料，让组织掌握情况，为了从政治上帮助自己的一个老友、一个同志，这是无可怀疑的天经地义。

我不愿意详细地回忆我写这个材料的情况，不管多么艰难，不管内心深处孕育着怎样的矛盾和风暴，也不管在写完之后我几次想把这材料撕个粉碎，反正我写了。我的记忆力很好，我把一切堪称问题的问题和一切写的当时也认为未必是问题的问题都写上了；把有关柴可夫斯基的乐曲的谈论也写上了；把我在考大学前夕和他谈话，他谈的那段关于"靠党吃饭"的话也写上了。写好以后，我想起了萧铃。"她同意我写这些东西么？"我想。但我无法和她商量，她不在我的身边。

不，她不会同意的。连金克写给她的求爱的信上的话都写上了，这将把她置于何种地位呢？我这算是写了一份什么样的材料呢？难道我不了解金克吗？难道柳克不了解金克吗？难道萧铃会愿意莫名其妙地牵连到这样一份材料、这样一场斗争里去吗？万一这次"帮助"会把金克帮助到地狱里去呢？

但是不对，我心中的另一个声音强有力地争辩说，萧铃首先也是一个革命者、一个党员，她和我一样地诚实、坦白、勇敢、忠诚。和对党的感情相比较，一切个人的感情都是渺小的、微不足道的。如果和党的原则相违背，这样的感情甚至是丑恶的、卑鄙的、耻辱的。

为什么我犹犹豫豫呢？ 为什么我这样不安？ 为什么我充满了不祥的预感？

这正证明这是一场思想斗争。 反右派斗争不仅要批判一批右派，而且要教育、挽救一大批好人。 这说明我们正面临着思想的一个"龙门"，跳得过去跳不过去？ 跳不过去，自己在政治上便从此堕落下去，蜕化变质，堕入深渊。 跳过去，和党一条心，便会神清气爽，斗志昂扬。

我当然要跳过去……但是萧铃……和萧铃一起跳过去……

我没有犹豫很久，次日一早，柳克便派运动办公室的工作人员来取材料了。 十五分钟后，我主持我们学院的又一场批判大会。

三天以后，报纸上登出了题为《剥掉金克的画皮》的报道，其中一部分内容，正是我所揭发的。

萧铃来了一个长途电话，她问："这是怎么回事？"

我的回答很简单："金克有问题。"

"里面有的话是他给我的信里写到的，而那封信……"

"是的，是我提供了这些情况。"我打断了她的话，我知道，长途电话是按分钟计费的。

"你怎么能这样？"

"你怎么能这样问？ 我们要……"

电话中断了。

然后是一封又一封痛苦而又愤怒的质问信。 这一切更加

激怒了我。 斗争的严酷更证明了斗争的伟大，斗争的艰苦更
证明了斗争的神圣。 我四面受敌，本校的、社会的、内心
的，来自被批判的"右派"的敌意和来自不怀好意的"左
派"们审察和疑惑的目光。（有几位"左派"，他们还想揪
一揪我呢。）一不做，二不休；或者是披荆斩棘、决然向前，
或者是停顿彷徨，被冲倒、被淹没。 根据金克已经定性为敌
人这一新的发展，我考虑的是怎样进行进一步的揭发。 而在
与萧铃的通信当中，我们双方用的词句都愈来愈尖锐了……

于是……

无序号的篇章

后来呢？

我不愿意再写下去了。 我希望翻过这些书页。 我更不
希望年轻人去注视这些篇章。 这毕竟只是历史的插曲。 让
我们从现在开始，从头开始。 现在已经是一九八一年了，已
经过去了二十四年。 那时候刚刚出生的婴儿，现在已经在谈
情说爱了。 他们将会有他们这一代人的生活、斗争、爱情和
音乐，他们将会有他们这一代人的错误和光荣。

你说什么错误？

是的，一个时代有一个时代的光荣，一个时代有一个时
代的错误。

那么你的错误呢？

太多的激情。

你后悔了？

不。 我从来没有后悔。 即使生活可以重新开始，只要是同样的条件，我只能做出同样的选择。 选择革命的道路是不容易的，不仅因为革命有形形色色的、凶恶和狡猾的敌人，还因为革命是太激动人心的事情，革命是威严至猛的狂风暴雨、电闪雷鸣，革命在一年之内所要变革的，超过了历史发展平常时期的几十年、几百年甚至上千年。 太激动、太威严又太迅速的变革之中，人们不可能不出错。

这么说，这一切都是不可避免的？ 包括你和萧铃的破裂？ 萧铃和你生活在同一个时代，还有金克，但你们走的路并不同。 这说明，你当时并不是不可能稍稍冷静一些。 本来你可以对金克稍微实事求是一点，本来你更可以不必连萧铃也要检举一番。 你简直就是发了疯……

不。 历史的必然性并不能保证道路的一致性。 我之为我，正像萧铃之为萧铃。

实际上你当时有个人目的。 为了保全自己，为了显示自己。

这是一种以成败论人的无聊的评述。 我用不着忏悔，用不着对自己进行心理分析。 在五十年代，我真诚而且正直。我用不着为我的真诚和正直而忏悔。

历史就像元素周期表，你可以熟悉它或者不熟悉它，理解它或者不理解它，但是你无法喜欢它或者不喜欢它。

不。　历史不像元素周期表而像乐谱。　五条线，一排高高低低的蛤蟆蝌蚪，这本身是平静的。　但如果你把它的调子唱出来，如果你表现出它的旋律、节拍、配器，那就会惊天地泣鬼神……

还是不必那么惊和那么泣吧，我们惊得、泣得都已经够多的了。

二十四年……

是的，让我把二十四年的事像流水账一样抒一抒。

一九五八年，萧铃终于和我彻底破裂了，她在金克最困难的时候到了他的身边，不久，他们结婚了。

一九五九年，我到一个山区去出差。　在火车站上，我看到了萧铃送金克上车。　金克破衣烂衫，低头无语。　萧铃是那样地关心他、鼓励他。　这场面使我战栗了。

我在一九六二年结婚了。　我做了一件很对不起人的事，因为，我并没有剩下多少感情给我新婚的妻子玉莲。　因而，当一九六七年我被隔离以后，她离开了我，我认为她是完全正当的。

有什么办法呢？　我的忠诚和我的爱，在政治上和爱情上的天真，理想主义，所有这些，都留给了、献给了金子般的五十年代。

金子一样的？　包括一九五七年么？

当然。　在一九五七年，被批判使人觉得是灵魂在净化，痛苦使人觉得崇高，严酷无情是为了更重要也更伟大得多的战斗。

所以不惜和萧铃分手?

是的,那时候我觉得我和萧铃的分手就像保尔·柯察金和冬妮亚分手一样。 保尔在修铁路的时候最后一次碰见了冬妮亚,他骂冬妮亚浑身散发着布尔乔亚的臭气,而在一九五七年十月,我最后一次和专程赶到北京来的萧铃谈话的时候,我说的是:"想不到你政治上如此堕落!"

太可笑……

胡说! 有哪一个发了疯的人敢说我们可笑? 有哪一个酒囊饭袋公子哥儿寄生虫敢嘲笑我们? 就是我们这些可笑的人推翻了帝国主义、封建主义和官僚资本主义三座大山,改变了中国的历史,揩干了千千万万个喜儿和祥林嫂的眼泪,让千千万万个奴隶站了起来。 在从事翻天覆地的大事业之前我们谁也没有上过训练班,我们谁也不老练。

难道萧铃的离去没有使你流泪么?

不,当时我没有流泪。 流泪是在一九六三年。 一九六三年的初冬,我当时已经担任了学院的党委副书记,为了看望我们学校一个有病的学生,我来到了安定医院。 在安定医院的候诊室里,我看到萧铃了。

啊!

她躺在长椅上,身上盖着一条毛毯。 她的身边有一个年龄不大的姑娘,后来才知道那是她的邻居。 她非常衰弱,眼睛半睁着,眼珠一动也不动。 以她那瘦弱的样子我是很难认出她来的，但她不停地喃喃发着声音，那声音我是太熟悉了，也许只有我才能理解那是什么声音。

什么声音？

那是微弱的叹息，那又是深情的召唤。 她喉咙里发出来的正是一个乐曲的主旋律，正是那《如歌的行板》，不时中断，不时重复，不时走失，不时叫着"爱分析的人，你好"！ 只有我从嘴唇的翕动上分辨出了这句话。 接着，她又说："金克，我爱的不是你，是爱分析的人……"这声音虽然微弱，却是清晰确定的……

她在召唤？

她在召唤我，我泪如雨下。 这意外的会面冲决了我的全部堤防。 我叫她的名字，她直勾勾地看着我，却看不见我，更认不出我是谁。 她也向着我说话，却只是说她自己的话。忽然，她又喊了一句："你不要打我！"

小姑娘问我是谁，我说是老同学。 小姑娘说她是因为挨了她丈夫——就是金克的打才犯病的……

可恶！

金克喝醉了酒，打了萧铃。 到了集合时间，他把萧铃交付给邻居小姑娘，自己结束休假回到劳动和改造的农场去了。 小姑娘叫了出租汽车，把萧铃送到了医院。

我问了她们的住址，又留下我的住址和电话，我告诉小姑娘有事可以找我，因为我还有事，匆匆地离去了。

第二天我给医院打电话，医院回答萧铃只是一时的癔症发作，给了一点药，打发回家休息去了，没有多大要紧。

我想去看看萧铃，临行却又犹豫。我们都已经有家室了，何况金克是那样的处境，又不在家。一个多月以后，我下决心去看她，却只见到了那个小姑娘。小姑娘告诉我，她已经搬走了。

以后再也没有见到她！

是的！

真惨！

不，这也是代价。为了中国，为了人民，李大钊、瞿秋白、方志敏献出了他们的生命，而我只是献出了……在战斗中，有人死在敌人的子弹下面，有人死在自己阵营内飞出来的流弹下面。你能说后面的人不是烈士吗？而你聪明的，不是只有在战斗已经结束，硝烟已经散尽，敌人已经缴械，战场已经清理干净，甚至战场上已经开满鲜花的时候，你这个聪明的圣人才在那里指手画脚，评头论足，用比诸葛亮还高明的预见、比华罗庚还精细的计算，指出某一枪打偏了，某一炮打早了，某一刺刀是白费力气，而冲锋号是吹早或是吹晚了一秒钟吗？不是还有一些更加聪明的混蛋，躺在前战场的草坪上，一面吃着面包夹香肠，一面嘲笑前人在这样美丽的郊野打仗拼命纯粹是傻瓜疯子么？

所以你……

所以我只在一九六三年流过一次泪，而且只对萧铃一个人。至于历史，至于对前辈和后辈，我过去是挺着胸站立着，今后仍然是挺着胸站立着。

那么教训呢？

我只请你看一看我们这一代每个人脸上的皱纹。

一

一九八一年，当我五十岁的时候，让我们从一开始。

匆匆翻过那历史的篇章吧，那是匆匆度过的年华。

除去皱纹和白发以外，五十岁和十五岁的差别并不像原来想的那样巨大。 在一九四六年想象一九八一年，会觉得不可思议；在一九八一年想象一九四六年，会觉得不过如此。

我活着、工作着，经历了不过如此的风云变幻。 在经过巨大的震荡之后，该平反的平反，该改正的改正，该上天堂的上天堂，该下地狱的下地狱，该追悼的追悼，该庆功的庆功，该种菜的有自留地，该延长劳动时间的有加班费。 大家一致认为，学生应该上学，牛可以吃草，生活应该逐步提高，理发可以照镜子，谈恋爱的时候可以肩挽手，上班的时候应该干活，饭后可以听轻音乐，说了话应该兑现，过马路的时候见了红灯应该暂停。（一九六六年曾经有红卫兵建议，红是革命的颜色，见红而停是不对的，应该倒转过来，见红而进，见绿而停。 为此，公安、交通部门还进行了认真的研究，后来由总理亲自向小将们做了解释。）

这就是说，经过一番大的震荡和摇摆之后，各安其位，各得其所，世上万物各自回到了他们的位置和轨道，按照牛顿力学古老的定律，互相吸引，正常运行；按照罗蒙诺索夫的定律，物质和能量守恒。

八月的下半月，细雨蒙蒙，校园里满地落叶，凉风吹来，让人觉得秋已提前到来。

我正在我的房间里摆弄学院里的一位助教代我买的高档录音机，门铃响了：原来，柳克来了。

柳克也有了不少变化。十年动乱当中，他的一嘴牙齿全掉了，据说是由于隔离审查期间营养不良脱落的，但也有几颗牙齿是被奋起的千钧棒打掉的。和从前相比，他的话多得多了，也随和得多了。

细雨淋淋，烧酒半斤，他提出了他的要求。我打开了那瓶四川泸州老窖的特曲，又从新添置的电冰箱里拿出了一只酱鸡。正因为我是一个人过日子，所以提前实现着"现代化"。

喝着酒，啃着鸡腿，听着淅淅沥沥的雨声和时而传来的因为天气转凉而显得有点凄然的蛙鸣声，他给我介绍他最近去美国访问的见闻。"我见了金克。"他说。

"唔。"我放到唇边的酒杯停了半秒钟，然后一杯酒下肚。这是一个并不那么愉快的题目。一九七八年以来，柳克就致力于金克一九五七年问题的解决，正像当初致力于揭发批判他一样。因此，早在一九七八年底，可以说是全国第一批，金克的问题得到了彻底的改正。但是不久，我就听说他们全家到美国定居去了。金克的母亲和一个弟弟在美国芝加哥市。 这消息使我颇觉怅然，因为我连一句告别的话也没有听到。 继而一想，我又有什么权利要求人家向我告别呢，在他一生的坎坷里，我并没有伸出过援救之手。 而且，今天的青年人如果知道了当时的情况，是不是会讽刺我，诅咒我，说我是"打小报告""落井下石"以至于"卖友求荣"呢?

一九七八年秋天，我曾经到金克和萧铃所在的Z市去看望过他们一次。 粉碎"四人帮"以后，我打听到了他们的下落。 当中央关于改正一九五七年错划的右派分子的问题的文件下达以后，我决定拜访他们一次。 去以前，我想了很多，我准备只做很少的检讨和解释，我准备听取他们的各种抱怨和讥讽，我的目的是为了今后，是为了拨乱反正。 当然，也是为了友谊。 当我想到和萧铃重新见面的情景的时候，我的心跳了，我的眼睛灼热了。

但是我们见面的情景很平常。 我敲他们的门的时候萧铃正在和她的两个孩子一起包饺子，她的手上、围裙上乃至眉毛上，都沾着面粉。 屋里布满着葱姜、酱油和肉馅的气味，金克没有参加包饺子，他在里屋的躺椅上，半躺着吸烟。 没有费两秒钟，他们就认出了我，我也认出了他们，这使我深信小说和戏剧里那种两个人物分手十几年以后见了面就互不相识的描写纯粹是胡说八道。 他们没有欢呼，没有大叫，没有爱爱仇仇怨怨。 他们请我到里屋去坐而且给我倒茶水，倒像是我们一直没有中断过来往。 我偷眼看萧铃，她头发白了很多，但并没显得憔悴，说笑的神态比原来倒是爽朗了许多，只是在回答我的问话的时候，她总是先"噢"一下，噢的声音拉得又很长，显得有点多余，有点不自然——而且不知为什么，这"噢"里似乎有一种伤感。

金克吸烟比说话更多，他带着一种漠然的、无可无不可的神情。我劝他写一个申诉，他摇摇头，表示不感兴趣。我说："这件事情，我和柳克都有责任，我们谈起来都觉得很痛心……"他摆摆手，不许我继续说下去，眼睛看着天花板，问我："前门大街六必居的酱菜还是装篓子卖吗？"我给他讲述革命大学的老战友的一些近况，有的升了官，有的那几年被打成了残废，有的死了老婆又新结了婚，他打了一个大哈欠，用手捂住嘴向我道了一句："对不……""起"字还没有说出口，又是一个汹涌澎湃的哈欠，他涨得满面通红，流出了可笑可怜的泪水。

我们互相询问一些情况，这使我们感觉到我们相距是多么远，一切都要从 A、B、C 问起。"我记得你现在是四十……"金克向我伸出了手指，为了套近乎，表示我们是互相知道年龄的——原来我们彼此的了解只剩下年龄了！而他对我的年龄也没说对，他少算了一岁！然后他问我这些年在哪里啦，"文化革命"开始的时候是不是"够呛"啦，哪一年结的婚，对方的姓名、年龄、籍贯、工作单位啦，有没有孩子和孩子的情况啦，上过没上过"五七干校"，还是下放过农村、插过队、落过户啦，以及现在工作忙不忙、现在做工作不太好做吧之类的话。 我也得用差不多的问题问他。 金克没有掩饰他的厌烦，他说，来的老朋友一见面都是问这些问题，他真想写一个"书面交代"散发一下。

我没有提那次在安定医院的见面，萧铃的样子是健康的，谈起往事她并没有什么悲悲切切或者恼怒怨愤之情。 至于说到到Z城来，她的兴致还很高，给我介绍Z城的小吃、土产，学Z城的方言，她甚至说，她觉得那些一辈子没出过大城市的城圈并因而得意洋洋的人实在是可怜。"那不等于把自己装到匣子里了吗？"她问。 在说这个话的时候，她的眉毛挑了起来，脸上又显出了那种天真的、不设防的表情。当然，这只是一瞬间的事。 也许她看到了我刹那间突然回忆起往事来的那种激动的神色了吧？ 她立即垂下了眼帘，我也应付似的、机械地干笑了一声。

而且我不知道这是一种什么心理，我没有告诉他们我现在只有一个人。 我介绍了玉莲，就好像她仍然和我在一起似的。 但是孩子，我编不出来，我说我没有孩子。 萧铃又"噢"了一声，唯"噢"而已。 金克却干脆说，没有孩子也好，清净，整齐，有利于学习和搞事业，不必为子女而走后门、拉关系……从全国来说，你这也是对节制人口做出了……他的话没有说完，因为萧铃打断了他，问他记不记得他们的老二所在的那所中学的电话号码。

在这一次访问以后，我感到的不是重新找到了他们，接上了线；相反，我觉得是失去了他们，断了线。 我们分明已经变得陌生了，这其实是不必难过的。 即使是亲兄弟，离开了四分之一个世纪，谁又能了解谁，谁又能眷恋谁呢？

这以后又听到了他们全家去国外的消息，我知道，申请移居国外的人，是党员都要退党，是团员都要退团的，这使我觉到了刹那间的恐怖。"何昔日之芳草兮，今直为此萧艾也！"我想起了萧铃教给我的屈原的诗。"岂其有他故兮……"不，我不能判明此故还是"他故"，当然是有他故的，有许许多多"他故"的呀！

从此，鸟入山林，鱼归大海，你走你的阳关道，我走我的独木桥，藕全断，丝不连，我突然觉到了轻松。 我甚至模糊地意识到，也许我真的有可能重建自己的家庭、自己的个人生活了。

一九八一年八月，这个细雨绵绵的夜晚，当柳克呷着酒、啃着鸡腿，向我谈在美国见到金克的情景的时候，我摆出的只不过是一副听海外奇闻——天方夜谭的劲儿。

二

柳克对我说，他有点肺气肿的症状了，说话有点上气不接下气。

"……我在威斯康星州的旅馆刚住下来，便接到金克的电话。 他的第一句话是：'老克同志，你猜我是谁？'我上哪里猜去？ 我怎么想到美国有人知道我是'老克'同志？等他报了姓名以后，我吃了一惊，我的天，怎么是他？ 你不是不当中国人了么？ 你不是不干共产党了么？ 我还算是你哪一家的'老克同志'？

"他要求和我见面，我态度有点冷淡。 我说我没有时间，第二天活动都已经排得满满的了，从早晨八点到夜晚十一点。 第三天一早六点四十二分，我就要飞往东海岸去了。但他建议第二天一早七点钟到旅馆来和我见面，我当然不能拒绝了。

"害得我觉也没睡好。 六点多钟我就起床，梳洗、打扮，毕竟是在外国，穿着应该整齐一些。 不到七点金克就到了，你猜他是什么样子？

"他穿一身白西服，戴一副大金属框架的眼镜，最奇特的是他的头发，在国内他还没有秃顶吧？ 七八年你见他那一次他秃顶了吗？"

"不，没有。"我回答。

"然而这回他完全秃了顶。"柳克继续说，"大概是让美国计司给烧的吧？ 美国有一种计司可真臭！ 简直像王致和的臭豆腐！ 金克的头顶溜光溜光，叫作光可鉴人，但是他的头颅的后方下半部，脑勺以下的部分却还有又黑又密的头发，那头发又留得很长，几乎盖住了整个脖子，可真是洋相，走在街上面对面我也不敢认他！

"然而一开口，他还是他。 他一口一个老克同志，比在国内还近乎。 他是半夜三点钟从芝加哥动身的，开了三个多小时的车，中途还加过一次油，在加油站吃了一点点心，为看我他还真够热情。

"他的样子有点洋了，看穿衣服也还过得去，和国内时候比他大概算是阔多了，他有汽车，也学会了开汽车啦。在美国和别人比，他大概混得并不怎么样。他能干什么呢？他有什么作为呢？

"对于他自己的生活，他吞吞吐吐。他说，他的弟弟在芝加哥的唐人街开一家餐馆，他帮他弟弟'做些事情'。在海外，中国人不说'工作'，而是说'做事情'的。在餐馆里做事情，他能做什么事情呢？端盘子吗？他太老了，美国饭馆里端盘子的不是妙龄女郎就是小白脸男士，他那个秃顶，不会把顾客吓跑吧？记账，按计算器？还是洗盘子呢？洗盘子倒是有机器，但仍然需要大量的人工，先得把盘子上的剩饭剩菜全部清理干净，然后要一个一个整整齐齐地码在机器上，弄不好，盘子就会撞碎的。

"他好像很难过，我也觉得很难过。他革了多半辈子命，当然，他倒霉，也可以说是他让人家革了多半辈子命。反正不管是革人家的命还是被人家革命吧，他这么个人难道能和中国、和革命分开吗？到了大洋彼岸他算什么呢？他说他已经领到了'绿卡'，就是说可以长期居留。居留下来干什么呢？来一个不多，走一个不少，谁也不需要他，谁也用不着他。"

"他这样说么？"我问道。

柳克答道："不一定是原话了，他好像不好意思向我诉苦。他只是说：'能见到你们，我还好过一些，不然，可真难呀！'他还说：'生活还可以，就是孤独，比在国内戴上帽子还孤独。'他说这话的时候，下眼泡显得发黑，还有点肿，医学上好像是说，那是胆固醇斑点，你听说过吗？"

"后来呢？"我问。

"后来他就走了呗。临走，他说他有一个要求，我还当是有什么事呢，他只是要求我们给他写信罢了——包括我和你。他还要求，我们给他写信的时候照旧称呼他'大克'，我只不过是开了个玩笑，我说，该称呼你'金先生'了，他却变了颜色，说是如果连我都这样称呼他，他就想服用氰化钾了……"

"那他为什么不回来呢？中国又没说不要他！"我问。

"谁知道？你给我倒杯茶吧。再喝酒，我就回不去了。"

我去烧水，沏茶，然后只不过是随口问了一句："萧铃呢？你没见到萧铃吗？或者是该称呼什么金太太了吧？"

柳克瞪大了眼睛，怪吓人的，他敲响了桌子，"什么？你不知道？你可真是个不可救药的死官僚主义者！你怎么这么不了解下情！做官当老爷脱离实际，要都像你这样，党风哪一年才能得到端正！"

"怎么回事？怎么回事？"我连连发问。

柳克用筷子戳着桌子，好像击节似的一字一顿地告诉我：

"萧、铃、根、本、就、没、去！ 她还在 Z 城！ 她和金克离婚了！"

"什么？"我喊了起来。

"你连这都不知道？ 你这个小克简直比我老克还老朽昏聩！ 就为了萧铃不愿意离开祖国、离开党，他们离了婚。她一个人带着两个孩子，仍然住在 Z 城。"过了一会儿，他叹口气补充说："听说她和大克压根儿感情就不太好。"

我一杯又一杯地喝下了醇香的特曲酒，多么苦的酒啊！

"我走了。"柳克站起身来，拍拍我的肩膀，摇摇我的手，"给你留下几盘录音磁带，我带回来的，都是古典的。我可受不了那种酒吧间里的大喊大叫，那种跟宰猪差不多的叫喊……"他笑了，微有醉意，恰到好处。 他取下了他的米黄色的风雨衣，穿上，系扣，不慌不忙。

我撑开雨伞把他送到了校门口，往回走的时候觉得雨并不大，打着伞怪别扭的。 于是，我收拢了伞，甩一甩，挟在了腋下。 小雨淋到我的脸上，我觉得很舒服。

可能是由于小雨一激，小风一吹，酒劲上来了，回到屋里，我有点晕晕乎乎的。 杯盘碗筷我也懒得收拾，明天再说吧，只是金克的命运和萧铃的命运都使我非常不安，如坐针毡。 我为什么竟以为萧铃也随金克出走了，变成"金太太"了呢？ 萧铃难道是那样的人吗？ 时隔快三十年，还是多么不了解人，不了解萧铃啊！

我想平复一下自己，生活真是让人头晕目眩！ 青蛙还叫个什么呢，一场秋雨一场寒，十场秋雨穿上棉，你还有多大叫头呢？ 电话，现在来电话干什么？ 是的，是我，明天去市委开会，上午八点半钟，对，我知道了，已经通知了派车，那好。

我拿起了柳克送给我的盒式录音带，上面写的全是英文，有 c 还有 l，当然也有 h 和 r，我把磁带装到录音机上，按下写着 "play" 的键，柔美的音乐开始响起来了……

三

周克，周克，周克！

萧铃在海里奔跑，向我伸着双臂，呼叫着我的名字。

周克，你一点也不了解我！ 周克，你一点也不关心我！

萧铃穿着系两根宽带子的 "卓娅服"，像雾、像影、像浪花里的虹，一个又一个的大浪把我们阻隔。

啊——啊——啊——

是乌鸦？ 青蛙？ 海狗？ 汽车喇叭？

深夜，高速公路上孤独的车，秃顶，长发，白色西服，氰化钾药瓶……芝加哥的中国餐馆，我所没见过的芝加哥的唐人街啊，你是什么样子呢？

玉莲皱着双眉的脸。 我好像就没有正面看过你一眼。人们都说，你也是美丽的，为人也不错。 而且，我知道，你爱我。 这是多么不公平啊，我！

萧铃！ 萧铃！ 萧铃！

　　什么都知道的人，你到底知道了些什么呀？ 那站在城墙上、屋顶上、山头上、码头上、礁石上、十字路口上向着天空、田地、大海、落日、远去的轮船和过往的车辆呼唤着你的名字的，不正是我吗？ 不论是醒着、睡着、忙着、闲着、好着、病着，这些年来，我不都是在呼唤你吗？ 你破坏了我的幸福，你毁了我的一生，你占据了我的全部灵魂，然而，你头也不回地走去了，任凭我在后面追赶，呼唤。 一九五七年、一九五八年，我还希望能追上你，能解释，能说服你。那时候为了革命的原则我们可以移山倒海！ 没有这股子劲、热劲、傻劲、狂劲，能够有革命、有翻天覆地么？ 你为什么不了解我？ 你为什么竟然可以做出那样偏执的、难以思议的举动？ 你带走了我的青春、幻想、爱，还有乐曲……当我听到你和金克结婚的消息的时候，我把那张具有魔法一般的力量的唱片连同那东洋造留声机砸了……我举起黑光闪闪的唱片，叭的一声，赛璐珞的唱片摔了个粉碎，到后来，到红卫兵到处砸唱片的时候，我竟以为，是我砸唱片的举动引发了它们的诞生。

　　红旗。 庄严的行进。 成群的和平鸽。 喷气式飞机编队飞行。 青松。 覆盖在革命者身上的镰刀斧头旗帜。 立——正！ 敬——礼！

　　匆匆。 春、夏、秋、冬像走马灯一样旋转。 开会、动员、表决心、喊口号。 铁路、公路、桥梁。 匍匐前进。 凯旋门和乐队。 向天空鸣枪。 白色的花圈。 白发苍苍的母亲！

我永远不离开母亲！ 我永远不能对母亲背过脸去！

是谁在高喊？ 是谁在长歌当哭？ 是谁这样庄严地挺立着，风吹动着她花白的头发？

那不是什么母亲，那正是我的朋友，我的同志萧铃啊，她还是一样的年轻，照着她的脸庞的是海里的和天边的两个月亮，在她的身后是北京的天安门，是南京的玄武湖，是Z城郊外的稻田，是渤海湾的波光……

她挺立着。 秃顶的金克正在离开她。 我看到了金克在和她争辩，在向她哀求……然而，她仍然挺立着。 我看到了被批得"体无完肤"的"右派分子"金克拿起了安眠药瓶。然而就在这个时候，萧铃来了，萧铃拥抱着他，给丧失了生活信念的他以新的生命。 但是这次，她却没有办法帮助他了，他抛弃了萧铃，抛弃了家乡……

不。 是萧铃终于抛弃了他。 萧铃挺立着，仍然只是她自己。

然后一切都退去了，像海水退潮一样退去了，消失了，冲淡了。

只有一个声音。

一个亲切的、熟悉的、胆小的声音。 这是安定医院的候诊室。 是萧铃在哼吟那属于我们的乐曲。

四

从屋檐上淌下来的积水，一滴，一滴……

多咪咪多发咪……

是它？是她？

久违了的弦乐四重奏啊，原来是你！

我本以为，今生再也听不到你的声息。我早已经埋葬了你，我一次又一次地埋葬过你。后来，我甚至恨过你。我的生活不幸福，我的家庭不幸福，我不能回答玉莲的爱，我们没有孩子，我以为，这都是由于你。我一遍又一遍地诅咒你。

该死的音乐啊，这魔鬼的把戏！这害人的东西！它使你变得温柔、多情、富于幻想，以为生活是那样的透明和美丽。然而生活是严酷的，生活是无情的，生活像坚硬的石头、石头的坚硬。如果没有这该死的乐曲，也许你会愿意陪伴着石头度日；如果没有小提琴和中音提琴，你也许以为敲敲石头便是世上最好的乐曲。

我们经过了那样严酷的风暴。在那样的风暴中，你徐缓的歌，也许比不上一只蚊子的呻吟。我真诚地想过：永别了，过去！永别了，柴可夫斯基！

但是，你又来了，历尽磨难，别来无恙。一样的梭咪拉咪，一样的梭拉多咪。你没有变，也没有老，你仍然行走在青的绿草地上，慢步无声，一双秀眼如水般美丽。

不，这又明明已经不是你。 为什么，为什么我们之间好像隔着一层墙壁？

我站起身，推开门，看着积水里反射着的残云和星光。雨后的空气是多么香甜。 然后我走到写字台前，呆呆地看着摆在案头的录音机。 是了，我刚才睡着了，嘴里还有酒气。是了，正在旋转着的是柳克从国外给我带来的录音磁带，录音机是高档货，能自动改变旋转的方向。 刚才在我睡去的时候，A 面的乐曲已经放完了，现在向相反方向旋转，放出的是 B 面的曲子。 在这一面，恰恰就有我的老朋友、老冤家、我的青春的见证和伴侣。

等这个曲子结束，我停了机，取下了磁带。 勉强忍住头疼，在台灯下面，我找到了一行英文字：柴可夫斯基作，第一弦乐四重奏第二乐章，哥伦比亚管弦乐队演奏。

我重新听了一遍。 是的，不错，与我听惯了的五十年代的苏联唱片不同。 美国乐队的演奏似乎更轻快，更圆熟，也更华丽。 那提琴的声音好像是洗过、过滤过的，在这四重奏里我似乎看到了涓涓的流水。

而那张五十年代的唱片却像风。 吹过辽阔的原野的风，像诉说又像叹息的风。 它充满了疑惑，它在问："我是这样的吗？ 可以是这样的吗？"

是美国人的演奏不适合我的口味了吗？ 是我已经老了、麻木了、疲惫了吗？ 怎么这久违了的乐曲已经失去了那征服一切、渗透一切的神秘的力量，它已经不能使我敞开心扉、忘记一切、如醉如痴？

但它毕竟是我的老朋友，它好像比原来更年轻、更俏皮、更美好了，它包含着我太多的秘密。

也许我不会像过去那样傻呆呆地流着泪去听它了，但是毕竟它唤起了我少年时代的柔情。真希望能出现奇迹。在这少年时代的乐曲声中，我们的血又热了起来，我们的眼睛又亮了起来，我们的心跳又加快了……我走到门口，低声说："请进来吧，萧铃同志！"

五

终于，我的愿望实现了，当然，并不是当天晚上。那种海滨相遇的奇迹，是再也不会发生了。

昨天，我得知萧铃以一个先进教师的身份到北京来出席一次会议。我把她请到我住的地方来，怀着巨大的期待，请她和我一起听那《如歌的行板》。

我目不转睛地看着她，似乎我未来的一切，就取决于哥伦比亚乐队的演奏。

我惊奇了，我失望了，我灰心了。萧铃出奇地宁静，她微笑着，平静得像风暴中的一块石头。

养蜂夹道女子中学的萧铃啊，你在哪里？

铁狮子胡同口的萧铃啊，你在哪里？

渤海海滨的萧铃啊，你在哪里？

安定医院候诊室里的得了病的萧铃啊，你在哪里？

莫非你真的变了吗？ 变成了一块坚硬的石头？

她好像看出了点什么。 听完乐曲以后，她平静地说：
"你说奇怪不奇怪，这段音乐好像不像从前那么好听了。"

"为什么？"我的问题是悲惨的。

"为什么呢？"她拢了拢自己花白的头发，"它好像已经
没有那么大的力量了。 是的，它缺了点东西。"

"呵，呵。"我点点头，"我觉得也是这样的。 这是美国
的乐队演奏的。 你知道，美国只有二百年的历史，美国人总
是有点飘浮……"

"不。"这回她是愉快地笑了，"责任并不在美国人。 问
题是我们已经大大不同了。 现在，仅仅听这种透明而又单纯
的音乐，是太不够了啊。 我们需要新的乐章，比起贝多芬的
第九交响乐，它应该更加雄浑、有力、丰富、深沉……你说
是吗？"

我们需要新的乐章，她说的是我们，万岁！ 我怎么能说
不是呢？ 她说得多好啊！

她走了。 果然，她说得对，我愈听愈觉得不满足了，我
期待着我们的新乐章，新乐章的序曲不是已经开始了吗？

但是我仍然要告诉年轻的朋友们，这《如歌的行板》，
毕竟是一支非常好的、非常奇妙的乐曲。

1981 年

"新人"变奏曲

—— 王蒙《组织部来了个年轻人》《布礼》人物形象读解

何向阳

　　王蒙小说《组织部来了个年轻人》写于 1956 年，这部小说奠定了他的写作之路。 现在回头看，这部小说是至今仍在坚持创作的王蒙年轻时期的里程碑之作，这部作品里面包含了太多关于王蒙的创作信息，或者秘密，在此后多年的文学研究者那里，它不仅是对于王蒙，也是对于时代，两者都绕不过去的一部小说。

　　这部小说之于文学史的重要性，我的看法，是它塑造了一个叫"林震"的新的人物，这个"新人"在此前的文学作品中我们很少见到，可以说是文学史中"罕见"的。 许多年前，在思索这个人物时，我一直想以"新人"为林震命名，但在我们熟悉的当代文学史中，"新人"形象似乎又不是林震这样的，而是——后来研究者熟知的——比如《创业史》中的梁生宝，或者《青春之歌》中的林道静，他们是革命的产儿。 而林震呢？ 他置身于的这部小说在一个时期都遭到了误解，那么，它的主人公曾被误读更成了"顺理成章"之事，所以，又何谈"新人"呢？ 直到在 2020 年 7 月中国作协召开的全国乡村题材文学创作会议上，评论家孟繁华发言言及"新人"形象塑造，再提林震，令我一震。原因在于这次会议是关于乡村题材文学创作的，以这个范畴言说，似乎谈不到林震，而且王蒙也不是擅长写乡村的小说家；从文学史的范畴来讲，王蒙的写作一直是知识分子写作，知识分子形象在其小说中是一以贯之的；而"一震"的另一原因在于，孟繁华从"新人"出发，为之命名，有着"挑战""拆解"或"补充"文学史中对于"新人"形象的论证边界的"僵硬"或是"不足"的意味。他的看法，与我以往对于"新人"边界的拓展性的看法不谋而合。

如此看来，将"林震"作为"新人"来理解并不止我一人。那么，这个新人，他"新"在哪里？

林震是一个在旧有小说中几乎没有出现过的文学形象。他的"新"的第一层意义在于，其人物形象本身就是对旧有文学的突破。这是一个革命者，一个年轻党员，同时也是一个党员知识分子，一个新中国环境下成长起来的青年干部，与之前有的这类文学形象不同的是，原有的党员知识分子、青年干部，在文学中或处于艰苦的战争环境中，或在斗争中已经相对成熟已磨砺为年轻的领导者。林震不然，他年轻，在成长中，还处于对新的工作环境的适应期，对新的相对陌生的组织岗位保有着新鲜感，但也正是他的不成熟，使得他的单纯是可爱的，他没有那些在一个工作岗位上干久了的老同志的世故和疲沓，他永远是向上的，是寻求真实真理的，对于他认为不对的事情，他是绝对要不含糊地站出来的，对于别人针对他的不友善的挤对和暗算，他也是要挺身而出的。 他的身上，保有着信仰的坚定，保有着对工作的真诚，保有着对同事的热忱，他是那样积极有为，像一团年轻的火焰，热烈地燃烧着自己。 这样的人物，难道不能用"新人"为之命名吗？ 相对于鲁迅笔下的《孤独者》和《白光》中的旧式知识分子，林震算得上是文学史上的"新人"；相对于赵树理笔下的小二黑、小琴等要求新生活的"新农民"，林震是文学史上知识干部中的"新人"；相对于林道静等在艰难岁月中几经磨砺而最终成为坚定的革命者的知识分子，林震更是在新中国新的建设环境中不弃初心、保持自己坚定信念、纯洁品质的"新人"。 这样的"新人"，其实是有待于我们的文学评论家、文学史研究者去进一步认识的。 林震，就是时隔他被创造出来近六十五年之后再去看，你还是会被他的纯洁、正直和纯粹感动。 这样的人物仿佛永不再来？不，这样的人物已经活在我们之中。

让我们一起怀有敬意地来看一下这个"新人"吧。

现在二十二岁，他的生命史上好像还是白纸，没有功勋，没有创造，没有冒险，也没有爱情——连给某个姑娘写一封信的事都没做过。

林震口袋里装着《拖拉机站站长与总农艺师》，兴高采烈地登上区委会的石阶。他对党的工作者(他是根据电影里全能的党委书记的形象来猜测他们的)的生活,充满了神圣的憧憬。

……四月,东风悄悄地刮起,不再被人喜爱的火炉蜷缩在阴暗的贮藏室,只有各房间熏黑了的屋顶还存留着严冬的痕迹。往年这个时候,林震就会带着活泼的孩子们去卧佛寺或者西山八大处踏青,在早开的桃李与混浊的溪水中寻找春天的消息。区委会的生活却不怎么受季节的影响,继续以那种紧张的节奏和复杂的色彩流转着。当林震从院里的垂柳上摘下一片多汁的嫩芽时,他稍微有点怅惘,因为春天来得那么快,而他,却没做出什么有意义的事情来迎接这个美妙的季节……

同时,我们还看到了围绕于林震周边的一些人,他们的所作所为无不衬托着这个可以说是不谙世故的"新人"。

批评会上,韩常新分析道:"林震同志没有和领导商量,擅自同意魏鹤鸣召集座谈会,这首先是一种无组织无纪律的行为……"

林震不服气,他说:"没有请示领导,是我的错。但是我不明白为什么我们不但不去主动了解群众的意见,反而制止基层这样做。"

"谁说我们不了解?"韩常新跷起一条腿,"我们对麻袋厂的情况统统掌握……"

"掌握了而不去解决,这正是最痛心的!党章上规定着,我们党员应该向一切违反党的利益的现象作斗争……"林震的脸变青了。

——这是林震与韩常新的冲突。

"是的,见到你,我好像又年轻了。你天不怕地不怕,敢于和一切坏现象作斗争……"

——这是赵慧文对林震的感叹。

难道自己真的错了?真的是莽撞和幼稚,再加几分年轻人的廉价的勇气?也许真的应该切实估量一下自己,把分内的事做好,过两年,等到自己"成熟"了以后再干预一切?

——同时也伴有林震自我认识中的些许怀疑。

"为什么您把现在的工作看得和小说那么不一样呢?党的工作不单纯,不美妙,也不透明么?"林震友好而关切地问。

刘世吾接连摇头,咳嗽了一会儿又站起来,靠到远一点的地方,嘲笑地说:"党的工作者不适合看小说……譬如,"他用手在空中一划,"拿发展党员来说,小说可以写:'在壮丽的事业里,多少名新战士加入到了无产阶级的先锋行列,万岁!'而我们呢,组织部呢,却正在发愁:第一,某支部组织委员工作马大哈,谈不清新党员的历史情况;第二,组织部压了百十个等着批准的新党员,没时间审查;第三,新党员须经常委会批准,而常委委员一听开会批准党员就请假;第四,公安局长参加常委会批准党员的时候老是打瞌睡……"

"您不对!"林震大声说,他像本人受了侮辱一样难以忍耐,"您看不见壮丽的事业,只看见某某在打瞌睡……难道您也打瞌睡了?"

刘世吾的脸微微发红,他坐下,把肉片夹给林震,然后斜着头说:"那个时候……我是多么热情,多么年轻啊!我真恨不得……"

"现在就不年轻、不热情了么?"林震用期待的眼光看着。

"当然不。"刘世吾玩着空酒杯,"可是我真忙啊!忙得什么都习惯了,疲倦了。解放以来从来没睡够过八小时觉,我处理这个人和那个人,却没有时间处理处理自己。"他托起腮,用最质朴的人对人的态度看着林震,"是啊,一个布尔什维克,经验要丰富,但是心还要单纯……

——这是林震与刘世吾们的区分。

林震压抑着自己说:"老韩同志知道缺点的存在是规律,但他不知道克服缺点前进更是规律。老韩同志和刘部长,就是抱住了头一个规律,因而对各种严重的缺点采取了容忍乃至于麻木的态度!"说完,他用手抹了抹头上的汗,他也不知道自己怎么敢说得这样尖锐,但是终究说出来了,他有一种如释重负的感觉。

林震小声说:"是的,正因为这样,我才觉得我们工作中的麻木、拖延、不负责任,是对群众犯罪。"他提高了声音,"党是人民的、阶级的心脏,我们不能容忍心脏上有灰尘,就不能容忍党的机关的缺点!"

——心地单纯、不能容忍心脏上有灰尘的林震,在这个世上是多么可贵。他所小心并竭力维护的信念是多么可贵。以至于,我以为在视其为同道的赵慧文那里,他们之间的感情也是纯粹而高尚的,是没有丁点灰尘的。正所谓是,德不孤,必有邻。

临走的时候,夜已经深了,林震站在门外,赵慧文站在门里,她的眼睛在黑暗中闪着光,她说:"今天的夜色非常好,你同意吗?你闻见槐花的香气了没有?平凡的小白花,它比牡丹清雅,比桃李浓馥。你闻不见?真是!"

又谁能否认,赵慧文本人也是"新人"中的一员呢?

同样,《布礼》中的钟亦成,也是这样一个"新人"。当然他的"新"要比林震更复杂一些。

钟亦成命运的改变,是从拢共不过四句的小诗《冬小麦自述》开始的。

> 野菊花谢了,
> 我们生长起来;
> 冰雪覆盖着大地,
> 我们孕育着丰收。

然而特定条件下的误读,使得这首描写大自然四季转换的诗具有了不同的含义。 以致在小说中的反右运动中,"……越揭越多,使钟亦成自己也完全蒙了。""从此,开始了他一生的新阶段,而一切的连续性,中断了。"《布礼》在1957 年、1966 年、1949 年、1979 年多个时空中展开,在不同的境遇中,钟亦成的角色是不断变化的,然而这不是他个人主观的变化,而是反右、"文革"、北平解放、改革开放尤其是前两种语境中他的"被动"的变化——被赋予的他。似乎在那两个语境中，他已不再是他，而是别个他，别人眼中的他？抑或是时间中被置换了的他？所以在小说中他要不断地回到对于自我身份也是人格确认的原点——1949 年 1 月。他要找回被别人偷换了概念的那个原初的"他"。

"我们是新时代的主人，新社会的先锋"，那时的他是追求进步的少年，是光荣的地下党员，是带领着进步同学一道保护国家名胜古迹和人民的生命财产的组织者、参与者。"中国几千年的人吃人的历史就要结束了！天亮了！繁荣、富强、自由、平等、人民当家做主的新中国，就要诞生了"的欣喜之下，这个"新人"是与新中国一起诞生和成长的。这个时刻的他的形象是明晰的——"钟亦成带领着一支由三十多个年轻的中学生组成的队伍走过来了。他们当中，最大的二十一岁，最小的十四岁，平均年龄不到十八岁。他们穿得破破烂烂，冻得鼻尖和耳梢通红，但是他们的面孔严肃而又兴奋，天真、好奇而又英勇、庄重。他们挺着胸膛，迈着大步，目光炯炯有神，心里充满着只有亲手去推动看得见、摸得着的历史车轮的人才体会得到的那种自豪感。"

> 路是我们开哟，
> 树是我们栽哟，
> 摩天楼是我们亲手造起来哟，
> 好汉子当大无畏，

运着铁腕去消灭旧世界，

创造新世界哟，创造新世界哟！

歌声中的"新人"钟亦成与林震一样，他们站在一个队伍里。 然而，有一天，这支队伍中有人要他出列，走出这个队伍，说他不配在这样的队伍里，这时的钟亦成所经历的人生之复杂，则是 1956 年小说中的主人公林震所意料不及的。

……凌雪回过头来，答道，她又高高举起右手，向钟亦成挥了一挥，她喊道：

"致以布礼！"

什么？ 布礼？ 这就是说，布尔什维克的敬礼，康姆尼斯特——共产党人的敬礼！ 钟亦成听说过，在解放区，在党的组织和机关之间来往公文的时候，有时候人们用这两个字相互致意，但是在现实生活中，这还是头一次从一个活着的人，一个和他一样年轻的好同志口里听到它。 这真是烈火狂飙一样的名词，神圣而又令人满怀喜悦的问候。 布礼！ 布礼！ 黄钟大吕般的声音在耳边响起……

所以他要在对他误读的时代里，不断地回放这段记忆，那些亲历的画面，使得他一次次地在对自我的怀疑中坚定着信仰，那是对自己的来路的信念，对自己的起点与选择的信念。 他不曾背叛。 他不会背叛。 以至于他面对着对他误读的"戴红袖章的青年们"，他仍要给他们一个合理的或是书生气的解释，"绿军装，宽皮带，羊角一样的小辫子，半挽起来的衣袖……他们有多大年纪？ 和我在一九四九年一样，同样是十六岁吧？ 十七岁，这真是一个革命的年岁！ 一个戴袖标的年岁！ 除了懦夫、白痴和不可救药的寄生虫，哪一个十七岁的青年不想用炸弹和雷管去炸掉旧生活的基础，不想用鲜红的旗帜、火热的诗篇和袖标去建立一个光明的、正义的、摆脱了一切历史的污垢和人类的弱点的新世界呢？ 哪一个不想移山倒海，扭转乾坤，在一个早上消灭所有的自私、虚伪和不义呢？ 十七岁，多么激烈、多么纯真、多么可爱的年龄！ 在人类历史的永恒的前进运动中，十七岁的青年人是一支多么重要的大军呀！ 如果没有十七岁的青年人，就不会有进化，不会有发展，更不会有革命。"这种宽容的理解里何尝不包含着对自我的另一番确认。

钟亦成之所以仍被我称为"新人"，原因在于他的坚定的信仰，这种信仰在 1949 年没有动摇过，在 1957 年、1966 年更没有动摇过。 与这个"新人"相对应的，是一个"灰色的影子"般的人。 这个"灰影人"没有具体的名字，也没有鲜明的面孔，然而却一直是要让他的信念发生动摇的一种消极的思想。 我们在小说中看到了"新人"与"灰影人"的较量，就是在这种较量与斗争中，钟亦成真的"脱胎换骨"而无愧于"新人"的称号。 所以，那样的篇章是这位已将自己锻炼成为"战士"的人的心绪的自然流露：

一九五七年——一九七九年

在这二十余年间,钟亦成常常想起这次党员大会,想起第一次看到的党旗和巨幅毛主席像,第一次听到的《国际歌》,想起这顿晚餐,想起送给他棉大衣的,当时还不认识、后来担任了他们的区委书记的老魏,想起那些互致布礼的共产党员。有些记忆随着时间的流逝而逐渐褪色,然而,这记忆却像一个明亮的光斑一样,愈来愈集中,鲜明,光亮。这二十多年间,不论他看到和经历到多少令人痛心、令人惶惑的事情,不论有多少偶像失去了头上的光环,不论有多少确实是十分宝贵的东西被嘲弄和被践踏,不论有多少天真而美丽的幻梦像肥皂泡一样破灭,也不论他个人怎样被怀疑、被委屈、被侮辱,他一想起这次党员大会,一想起从一九四七年到一九五七年这十年的党内生活的经验,他就感到无比的充实和骄傲,感到自己有不可动摇的信念。共产主义是一定要实现的,世界大同是完全可能的,全新的、充满了光明和正义(当然照旧会有许多矛盾和麻烦)的生活是能够建立起来和曾经建立起来过的。革命、流血、热情、曲折、痛苦,一切代价都不会白费。他从十三岁接近地下党组织,十五岁入党,十七岁担任支部书记,十八岁离开学校做党的工作,他选择的道路是正确的道路,他为之而斗争的信念是崇高的信念,为了这信念,为了他参加的第一次全市党员大会,他宁愿付出一生被委屈、一生坎坷、一生被误解的代价，即使他戴着各种丑恶的帽子死去，即使他被十六岁的可爱的革命小将用皮带和链条抽死，即使他死在自己的同志以党的名义射出来的子弹下，他的内心里仍然充满了光明，他不懊悔，不伤感，也毫无个人的怨恨，更不会看破红尘。他将仍然为了自己哪怕是一度成为这个伟大的、任重道远的党的一员而自豪、而光荣。党内的阴暗面，各种人的弱点，他看得再多，也无法遮掩他对党、对生活、对人类的信心。

这样的"新人"，古今中外的文学史上可曾出现过？

"共产党员是无产阶级的先锋战士，是摆脱了一切卑污的个人打算和低级趣味的人。他有最大的勇敢，因为他把为了党的事业而献身看作人生最大的幸福。他有最大的智慧，因为他心如明镜，没有任何私利物欲的尘埃。他有最大的前途，因为他的聪明才智将在千百万人民的斗争事业中得到锻炼和成长。他有最大的理想——在全世界实现共产主义。他有最大的气度，为了党的利益他甘愿忍辱负重。他有最大的尊严，横眉冷对千夫指。他有最大的谦虚，俯首甘为孺子牛。他有最大的快乐，党的事业的每一点每一滴的进展都是他的欢乐的源泉。他有最大的毅力，为了党的事业他不怕上刀山、下火海……"

党课结束以后，钟亦成和凌雪一起走出了礼堂。钟亦成迫不及待地告诉凌雪：

"支部已经通过了，我转成正式党员。在这个时候听老魏讲课，是多么有意义啊。给我提提意见吧，我应该怎样努力？"

凌雪不仅与钟亦成青梅竹马、志同道合，而且还是他危难中的妻子、心灵上的挚友。这种以"提意见"作为爱情表达和请求的方式，你在古今中外的文学中见过吗？然而他们是绝对真诚的，他真诚地希望自己的爱人帮助自己成为更好的人，更值得得到她纯洁的爱情的人。

与此同时，那个"灰影子"又能够怎样他呢？他又怎么可能听从于那种挫败他信念的情绪呢？不，他反对！他的理由是："是的，我们傻过。很可能我们的爱戴当中包含着痴呆，我们的忠诚里边也还有盲目，我们的信任过于天真，我们的追求不切实际，我们的热情里带有虚妄，我们的崇敬里埋下了被愚弄的种子，我们的事业比我们所曾经知道的要艰难、麻烦得多。然而，毕竟我们还有爱戴、有忠诚、有信任、有追求、有热情、有崇敬也有事业，过去有过，今后，去掉了孩子气，也仍然会留下更坚实更成熟的内核。而当我们的爱、我们的信任和忠诚被踩躏了的时候，我们还有愤怒，有痛苦，更有永远也扼杀不了的希望。我们的生活、我们的心灵曾经是光明的而且今后会更加光明。但是你呢？灰色的朋友，你有什么呢？你做过什么呢？你能做什么呢？除了零，你又能算是什么呢？"

这样战斗着的人，难道不能称为"新人"吗？这样像一根两头点燃了自己蜡烛并一直燃烧着的人，难道还不能够称为"新人"吗？这样让自己在严苛的心理搏战中不断求取战斗的人，的确正是我们在中国以往的文学史中难得一见的"新人"啊。

这个"新人"的形象是由以下的图景构成的：

> 春天了，他深翻地，目不斜视，耳不旁听，全部肌肉和全部灵魂的能力集中在三个动作上：直腰竖锹，下蹬，翻土；然后又是直腰竖锹……他变成了一台翻地机，除了这三个动作他的生命再没有其他的运动。他飞速地，像是被电马达所连动，像是在参加一场国际比赛一样做着这三位一体的动作。腰疼了，他狠狠心；腿软了，他咬咬牙。腿完全无力了，他便跳起来，把全身的重量集中到蹬锹的一条腿上，于是，借身体下落的重力一压，扑哧，锹头直溜溜地插到田地里……头昏了，这只能使他更加机械地、身不由己地加速着三段式的轮转。忘我的劳动，艰苦而又欢乐。刹那间，一个小时过去了，三个小时过去了，十二个小时也过去了，他翻了多么大一片土地！都是带着墒、带着铁锹的脖颈印儿的褐黑色土块，你想数一数有多少锹土吗？简直比你的头发还多……人原来可以做这么多切实有益的事。这些事不会在一个早上被彻底否定，被批

判得体无完肤……

夏天，他割麦子，上身脱个精光，弯下腰来把脊背袒
露在阳光下面。镰刀原来是那么精巧，那么富有生命，
像灵巧的手指一样，它不但能斩断麦秸，而且可以归拢，
可以捡拾，可以搬运。他学会用镰刀了，而且还能使出
一些花招，嚓嚓嚓，腾出了一片地，嚓嚓嚓，又是一片地。
多么可爱的眉毛，每个人都有两道眉毛，这样的安排是
多么好，不然，汗水流得就会糊住眼睛。直一下腰吧，刚
才还是密不透风的麦田一下子开阔了许多，看见了在另
一边劳动的农民，看到山和水。一阵风吹来，真凉快，真
自豪……

秋天，他打荆条，腰里缠着绳子，手里握着镰刀。几个
月没有摸镰刀了，再拿起来，就像重新造访疏于问候的老
友一样令人欢欣。他登高涉险，行走在无路之处如履平
地，一年的时间，他爱上了山区，他成了山里人。如同一个
狩猎者，远远一瞭望，啊，发现了，在群石和杂草之中，有一
簇当年生的荆条，长短合度，精细匀调，无斑无节，不嫩不
老，令人心神俱往，令人心花怒放。他几个箭步蹿上去了，
左手捏紧，右手轻挥镰刀，嚓的一声，一束优质荆条已经
在握了，捆好，挂在腰间的绳子上；又一抬头，又发现了目
标，他又攀登上去了，像黄羊一样灵活，像麋鹿一样敏捷，
身手矫健，目光如电……

这样的人，谁能够夺去他心里的光明呢？ 谁能够阻挡他心向光明的爱情呢？ 没有谁，没有人。 一个用特殊材料造就的人，到了这一步，已经不可战胜。"他黑瘦黑瘦，精神矍铄。 他学会了整套的活路——扶犁、赶车、饲养、耘草、浇水、编筐和场上的打、晒、垛、扬，他也学会了在农村过日子的本领——砍柴，摸鱼，捋榆钱，挖曲母菜和野韭菜，腌咸菜和渍酸菜，用榆皮面和上玉米面压饸饹……虽然他从小生长在城市，虽然他干起活来还有些神经质，虽然他还戴着一副恨不能砸掉的眼镜，但他的举止愈来愈接近于农民了。"而这一切都源于一种信念，有了它，他才能做到——"咬紧牙关，勇往直前。"

那么，那是一种什么样的信念呢？ 也许正如凌雪所言，"既然物质不灭和能量守恒的法则对于整个宇宙、对于全部自然界都是适用的，那么，我常想，在社会生活当中，在政治生活当中，不灭和守恒的伟大法则究竟意味着什么呢？ 事实真相和良心，这难道是能够掩盖、能够消灭的吗？ 人民的愿望，正义的信念，忠诚，难道是能够削弱、能够不守恒的吗？" 正是有了这样的信念，这种对于真理的相信与追寻，他（她）才能够穿越那一个个时间所标识的人生考验，无论是 1949 年、1957 年、1966 年、1971 年还是 1979 年，王蒙创造了钟亦成的这一年，他们都相信着，并相信所付出的代价对得起这种相信。 那被相信的，是什么呢？

他相信，如同初次的爱情。

那被相信着的，是——

"多么好的国家，多么好的党！即使谎言和诬陷成山，我们党的愚公们可以一铁锹一铁锹地把这山挖光。即使污水和冤屈如海，我们党的精卫们可以一块石一块石地把这海填平。尽管'布礼'这个名词已经逐渐从我们的书信和口头消失，尽管人们一般已经不用、已经忘记了这个包含着一个外来语的字头的词汇，但是，请允许我们再用一次这个词吧：向党中央的同志致以布礼！向全国的共产党员同志致以布礼！向全世界的真正的康姆尼斯特——共产党人致以布礼！

"二十多年的时间并没有白过，二十多年的学费并没有白交。当我们再次理直气壮地向党的战士致以布尔什维克的战斗的敬礼的时候，我们已经不是孩子了，我们已经深沉得多、老练得多了，我们懂得了忧患和艰难，我们更懂得了战胜这种忧患和艰难的喜悦和价值。而且，我们的国家，我们的人民，我们的伟大的、光荣的、正确的党也都深沉得多，老练得多，无可估量地成熟和聪明得多了。被革命的路上的荆棘吓倒的是孬种，闭眼不看这荆棘，甚至不准别人看到这荆棘的则是自欺欺人或是别有居心。任何力量都不能妨碍我们沿着让不灭的事实恢复本来面目、让守恒的信念大放光辉的道路走向前去。

"团结起来到明天，英特纳雄耐尔就一定要实现！"

如同初恋，他从来没有放弃，更不可能背叛！

这就是我所理解的新的"人"。

他之诞生，使再艰辛的命运都能成为——

成为——如歌的行板。

2020.9.26 上海

图书在版编目（CIP）数据

布礼/王蒙著；何向阳主编. —郑州：河南文艺出版社，2021.4
（百年中篇小说名家经典／何向阳总主编）
ISBN 978-7-5559-1054-1

Ⅰ.①布… Ⅱ.①王…②何… Ⅲ.①中篇小说-小说集-中国-当代 Ⅳ.①I247.5

中国版本图书馆 CIP 数据核字（2021）第 039223 号

丛书策划　陈　杰　杨彦玲

本书策划　杨彦玲　　　　　责任校对　殷现堂

责任编辑　杨彦玲　　　　　责任印制　陈少强

丛书统筹　李亚楠　　　　　书籍设计　书籍/设计/工坊 刘运来工作室

布礼
BULI

出版发行　河南文艺出版社
本社地址　郑州市郑东新区祥盛街 27 号 C 座 5 楼
邮政编码　450018
承印单位　河南瑞之光印刷股份有限公司
经销单位　新华书店
开　　本　787 毫米×1092 毫米　1/32
印　　张　8.625
字　　数　160 000
版　　次　2021 年 4 月第 1 版
印　　次　2021 年 4 月第 1 次印刷
定　　价　38.00 元
